非連續文本
文本
原來這麼回

游適宏 著

五南圖書出版公司 印行

試題的輕盈之美

十多年前，適宏老師和我一起參與某個試題討論會，會議結束時，已經是晚上九點多了。我們一起走下師大誠大樓的階梯，我問他：「你覺得好試題是什麼樣子？」他回答：「輕盈」。這個答案像暗夜裡那顆滿盈歌聲的星星，讓我會後疲憊昏沈的身心，有了飄飛銀河的嚮往。然而，我還是有些許迷惑，感覺自己似乎無法觸摸到「輕盈」的形體。之後，我再也碰不到合適的機會，可以繼續追問，但是「輕盈」這個精靈卻時時以「瞻之在前，忽焉在後」的煙縷，召喚我前進。

十多年後，適宏老師終於讓精靈化身為《非連續文本──原來這麼回試》，用書中詳細的解說，釐清了我曾有過的困惑。或許很多的新手命題者，也如同當時的我，聽到試題「輕盈」這二個字，心中既滿盈嚮往之情，也隱約感覺到某種說不出口的迷惑吧？

且讓我權充引路人，以「輕盈」之名，輕扣《非連續文本──原來這麼回試》的門扉，方便大家登堂入室後，更能細心品味堂奧設計的精緻。

輕盈是什麼？

輕盈的試題設計，要先將材料化繁為簡，呈現核心；其次要細察材料特質，利用試題，漸次展現特質精華；最後能善用圖表與巧思，為試題畫龍點睛。這就宛如名廚料理竹筍，先剝筍去殼，留存嫩心。再善用刀鋒，呈現食材紋理。最後巧思擺盤，色味吸睛。

輕盈如何做？

　　試以本書末章頁236的「赤壁賦」試題設計爲例，適宏老師先展示如何爲〈賦體之典律作品及其因子〉與〈赤壁賦〉，剝筍去殼，獨留論文「四朝代、四特質」與〈赤壁賦〉「首段」的「嫩心」；再善用刀鋒，將材料切割成四個命題重點，並根據材料的邏輯脈絡，排列試題順序；最後善用圖表設計的擺盤，讓試題美味吸睛，成爲一組兼顧語文特質與閱讀素養的好試題。

輕盈的底蘊如何養成？

　　我們享受了適宏老師提供的精緻佳餚後，或許想問：

　　如何在閱讀某文時，聯想到相關的材料？這是材料連結的迷惑。

　　如何讓試題輕盈飛翔，不墜落凡間，拖泥帶水？這是試題美學的迷惑。

　　且讓我們試著從書中尋找答案吧！

關於材料連結的迷惑

　　書中頁247的「不寐」提供具體範例：讀司馬光〈不寐〉詩的首句「長年睡益少」，適宏老師聯想到的材料是快速動眼的睡眠研究與中醫養生的睡眠調養。然而，這些資料的連結並非只是GOOGLE搜尋的按鍵動作，而是由廣泛閱讀＋豐富聯想，形成的創意檢索系統。

關於試題美學的迷惑

　　書中頁240的「酒中之米」提供具體範例：

如何構思

⑴ 長條圖只選擇107至110年學測、指考試卷，是因爲107年以後的這些試卷結構都是42個選擇題，結構相同才能比較。

⑵ 選擇「米」和「飯」類試題，則是因爲「酒」類試題很難界定，例如這個題組的42題選項C認爲：理解劉禹錫〈昏鏡詞〉時，有可能回憶〈諫太宗十思疏〉的部分內容來做爲前理解。這個可能性當然存在，卻未必人人皆然。

如何設計

① 的試題用詞，不直接用「米」、「飯」，才能讓它與文章敘述的定義相連結。

② 從圖表顯示的占分狀況可知，指考對「飯」類試題的重視程度是比學測高的。

③ 乍看正確，但文章只說「用了教材」的試題可分爲「米、飯、酒」，並非說「整個試卷」的試題可分爲「米、飯、酒」，因此，「非米或非飯」的試題，未必即是「酒」類試題，故③爲「無法判斷」。

這個範例讓我們看見試題設計的美學，須有縝密的構思與設計的分寸拿捏。

適宏老師用上述的例子，幫我們揭開試題輕盈的迷霧，讓我們了解廣泛閱讀＋縝密思慮是輕盈的骨架；設計的分寸拿捏是輕盈的血肉；聯想豐富則是輕盈的翅膀。然而要將這一切連結在一起，似乎又需要「每至於族，吾見其難爲，怵然爲戒，視爲止，行爲遲」的專注。

我想起紀伯倫曾說過的：「生活是一座島嶼——它的巖石是願望，它的樹木是夢想，它的花朵是寥寂，它的水泉是焦渴。這座島嶼處於孤獨之海的中央」。這或可描述適宏老師二十多年每一個沉思默想的專注時刻。

在有桂香暗浮的霜降，謹以此文向「少年子弟江湖老」的試題美學探索者致敬。

鄭圓鈴

國立臺灣師範大學國文學系退休教授

舉重若輕的小書

這是一本份量不大，但質量不低的小書。

熟悉適宏老師說話方式的人，很容易在這本書裡感覺得到他在你面前談笑風生的樣貌。

自從參加PISA評比後，「非連續文本」這個詞彙就不時在語文課程和語文試題的討論中被提及。但許多人的理解（包括我），可能都只停留在所謂「非連續文本」就是一堆由圖表構成的文件。適宏老師在這本書中，將他多年來關注、研究所得，轉化爲話家常般的閒談，既釐清了一些似是而非的觀念，同時回顧典籍，帶領我們看到這個新名詞，其實並非一個新的文本樣貌。

這是一本舉重若輕的書，讀起來很輕鬆，但是在沒有太大的壓力下，其實適宏老師展現了信手拈來而又博取厚積的學問和視界。書中其實觸及到許多專業論述，除了語文教育、閱讀策略、命題技術外，還包含認知心理等等不同層面的知識，但這些比較學術性的內容經過消化吸收後很自然的串接在他的陳述中。因此對大部分的讀者而言讀起來並不費力。

在其中，他可以很嚴肅的談國語文教育的邊界，梳理人們在面對非連續文本出現在閱讀和寫作試題上的不同態度；也可以不厭其煩地建構資料，追本溯源探討「非連續文本」所指涉的範疇和可能出現的樣貌；或者帶我們去認識連續文本非連續文本之間的異同。當然，更少不了他最擅長的，檢視歷年「非連續文本」出現在大考試題的種種

樣貌。經由一層一層的梳理,「非連續文本」這個看起來每位國語文教師都不陌生,卻又好像不能說清楚、講明白的詞彙,便一下子清晰地示現在我們面前了。

此外,適宏老師還不藏私地引領我們去思索如何在原來的連續文本中放入非連續文本,重新組構成一個新的混合式的文本概念。並發揮他的專業素養,手把手的,以特定素材為例,說明在不同難度的限定下,如何串連二種文本,設計題目。

在論述中,適宏老師也不斷交織著連續文本與非連續文本,方便讀者理解,確實是一本可以幫助你我對非連續文本快易通掌握的書。快快讀過時,你可觀看百花紛呈的絢麗;而當你駐足停留,又能欣賞每一株花葉的風姿。閱讀過程中,我不時被其間看似平常卻實有巧思的點所驚豔。

這是一本可以速讀,但其實也很耐讀的書。

李清筠

國立臺灣師範大學國文學系退休副教授

一同為國文教育出發

　　適宏出版新書，屬意我寫序，這讓我滿驚訝的。我們既非同事、同學，亦非師生，為何要我寫序？想必他把我視為特別的朋友吧！

　　我們認識至今15年，見面的次數屈指可數，但回想起來，每次相遇都相當暢懷，彷彿可以徹夜長談、把酒言歡，即使很少碰面，心裡總有這麼一位朋友，這機緣真的滿奇妙的。

　　教育部為推廣高中新課程，讓第一線教師了解新課綱的內涵與精神，從民國94年起，在全臺的高中名校成立各學科的學科中心，任務是為教師們辦理教學研習、發行電子報、培訓種子教師等等。當時我任教的北一女承接了國文學科中心，所以我從民國95年8月起，負責這項業務。這是個全新的工作，無前例可循，必須思考課綱的精神，找到得以落實課綱精神的培訓及研習方向，並尋覓適當的講師，加強高中教師的專業能力與素養。

　　為了增長見識，開拓視野，尋覓講師，我必須抽空參加各種教學研習。民國95年11月，到臺北市立復興高中參加一場「測驗報告與國文教學」的研習活動，講師正是適宏。

　　聽了演講，我才了解適宏的背景，他在國立臺灣科技大學任教，試圖透過考題的分析，將教學與測驗串連起來，用心良苦。雖然教學不全然為了考試，但在考試領導教學的束縛之下，了解命題方向，在教學中加強學生的應試能力仍是必要的。

再者，那時只有普通高中設立國文學科中心，高職（現在已改稱技術型高中）的國文科卻沒有類似的專責單位（如今已在高雄高工設立技高的國語文推動中心）。我認為國文科是建立價值觀的重要管道，技高的國文教育也不應被主流忽略，也需要同等的關注。於是，演講後與適宏交換意見，並誠心邀請他下鄉演講，承蒙他爽快應允了，這是我們的第一次接觸。

　　民國96年4月，我們一同搭乘自強號前往臺南善化高中，為南部的高中職教師充電，討論考題與教學的連結，參加研習的老師們反應十分熱烈，為學科中心的初期打響名號。除了研習十分成功，我更深深懷念那一路上，我們在臺鐵的車廂內無所不談，談文學、談生活、談教學。適宏的爽朗大方、幽默風趣，拉近了我們的距離，他豐富的學養更提升了閒聊的品味。往後幾年，我們繼續為PISA測驗及統測相關議題合作過幾次，過程十分契合而愉快，也充滿老友重逢的喜悅。

　　隨著十二年國教課綱的落實，對第一線教師而言，不僅教學是莫大的挑戰，如何以合宜的命題來評量學生的學習成效，更是不可或缺的專業能力，而這正是適宏長期關注的議題。欣聞適宏將多年研究的心得匯集成書，在繁忙的研究教學之餘，持續關注高中職的教育，這份用心令人感佩。在此向適宏致上最高的敬意。

駱靜如

臺北市立第一女子高級中學退休教師

雙子風格無所不在

他的筆，游刃有餘而從容自在；而我們，悠游其中又充實愉快。

該如何談適宏老師其人其書呢？心中浮現源源不絕的畫面，勾連許多細節起來才驚覺，原來這位深藏不露的「常常一同吃便當的飯友」，在我心中是綜合反差形象、具多元存在感的朋友。

在研習場合初次見到適宏老師，不疾不徐的口吻分析相關議題，在當時略帶嚴肅又微顯火花的氛圍中，無疑是一股安定的暖流。能直指爭論膠著的主因，又能調和不同立場的視角，且能簡約輕鬆不著痕跡的「融滲」緊繃而嚴肅的議題，這揮灑專業的功力和溫文爾雅的第一印象，著實反差。

和適宏老師聊天，會被他語感活用的俏皮和隱喻諧音梗的靈活，給逗得哈哈大笑。明明是燒腦而腸枯思竭的研習，在他一開口後，就找到清朗又條理井然的方向，不時以我們能懂的比喻象徵來統理出清晰的可能性，分析完而開放給大家思考，看似不堅持的態度，卻讓我們都被潛移默化，內心已不斷點頭同意。這是他的個人魅力，不喜歡氣氛嚴肅地看待專業，不想非常有學問的展現專業。於是乎，當大家對他按讚時，他會說「哎呀，這又沒什麼」、「沒什麼好說啦」，這以簡馭繁的專業效能和幽默內斂的表達方式，著實反差。

長期關注試題的適宏老師，不僅是動動嘴巴分析，最令人佩服的是能「破」又能「立」，既能拆解題目的細膩眉角，又可以進一步組合或「變臉」出另一款樣貌，產出不同版型的例題，以「實例」來展

示「實力」。不須長篇大論來自我論證學養層次，而紮實深厚的專業識能和委婉低調的風格，著實反差。

亦師亦友的適宏老師，開啓我對試題認知的一扇窗。以些許文字記下成文，十分惶恐，亦是我莫大的榮幸。

楊棠秋

弘光科技大學運動休閒系副教授

CONTENTS 目次

PART 3

「非連續文本」製題助攻

PART 4

逛逛「非連續文本」考試專櫃

「非連續文本」
快易通

PART
1

1.「非連續文本」的定義

　　「非連續文本」是「non-continuous text」的翻譯，是相對於「連續文本」（continuous text）而言。2020年，新冠肺炎病毒席捲全球，各國經濟遭受嚴重衝擊，紛紛提出振興方案。下面兩種關於臺灣「振興三倍券」的說明，內容類似，左邊是「連續文本」，右邊是「非連續文本」，兩者差別是什麼呢？

連續文本	非連續文本
「振興三倍券」，共有3+1種供民眾自由選擇。如果透過「數位消費工具」，可以選擇「行動支付」、「電子票券」或「信用卡」；如果選擇「購買紙本」，7月1日起可在超商或網站預購，7月15日起則可到郵局直接購買。以「數位消費工具」使用振興三倍券，消費滿3000元可獲回饋2000元；「紙本三倍券」須以1000元購買，但可換得總共價值3000元的抵用券。	 圖片來源：經濟部

　　我們回到「非連續文本」這個詞的源頭，它是「經濟合作暨發展組織」（Organization for Economic Cooperation and Development，OECD）於2000年啓動「國際學生評量計畫」（Programme for

International Student Assessment，PISA）時，在「閱讀素養（Reading Literacy）評量」的測驗綱領中所用的詞彙。除了PISA閱讀評量，它也出現在OECD「國際成人素養評量計畫」（Programme for the International Assessment of Adult Competencies，PIAAC）的「讀寫素養」（Literacy and Reading Components）領域中。在這些評量裡，「非連續文本」的主要特徵是「由若干條列（list）組合而成」：

> As the sentence is the smallest unit of continuous text, so all non-continuous texts can be shown to be composed of a number of lists. Some are single, simple lists, but most consist of several simple lists combined.（譯：正如句子是「連續文本」的最小單位，「非連續文本」的顯現方式，也可說是由若干條列所組成。它們有些是獨立的、簡單的條列，但多數是結合好幾個簡單條列所構成。OECD，*PISA 2015 Draft Reading Literacy Framework*，頁17）

此外，OECD述及「非連續文本」時，通常會引用Irwin S. Kirsch和Peter B. Mosenthal的文獻。他們1988年合著的論文〈Understanding Document Literacy: Variables Underlying the Performance of Young Adults〉曾提到：

> Non-prose formats include linguistic structures that are not organized in paragraph form.

可見「非連續文本」有零散的句子，但沒有句句相連而成的塊狀段落。

至於「list」的意思，我們可參閱幾本比較著名的字典：

◆ a record of short pieces of information, such as people's names, usually written or printed with a single thing on each line and often orderd in a way that makes a particular thing easy to find（劍橋字典）

◆ a series of names, items, figures, etc., especially when they are written or printed（牛津字典）

◆ a set of names, numbers etc, usually written one below the other, for example so that you can remember or check them（朗文字典）

◆ a series of names, words, numbers, etc., that are usually written down with each new one appearing below the previous one（韋伯字典）

綜合以上，我們可以把「非連續文本」的定義簡述如下：

【1】它不是「積句而為章，積章而成篇」的表達形式。（「連續文本」是《文心雕龍·章句》：「積句而為章，積章而成篇」的表達形式。）

【2】它由若干「條列」（list）組合而成。（「連續文本」由若干「句子」組合而成。）

或許我們可以這樣比擬：「非連續文本」接近貼紙型的表意，「連續文本」接近織布型的表意。兩者的差別，並非「有圖像 vs. 沒有圖像」。

2.「非連續文本」舉例

在《The PISA 2003 Assessment Framework》中，曾就「非連續文本」舉出「Charts、Tables and Matrices、Diagrams、Maps、Forms、Information sheets、Calls and Advertisements、Vouchers、Certificates」9種例子。以下只是根據這9種例子的說明再多舉些例子而已，不表示「非連續文本」要分成這些類別。透過這些實際的例子，可以對上面的定義再次想想：什麼是由「條列」（list）組合而成的表達形式？

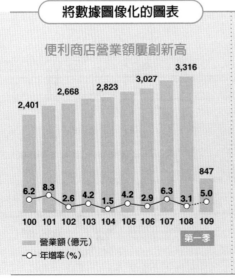

便利商店營業額屢創新高

將數據圖像化的圖表

年號	西元	干支	生肖
康熙16	1677	丁巳	蛇
康熙17	1678	戊午	馬
康熙18	1679	己未	羊
康熙19	1680	庚申	猴
康熙20	1681	辛酉	雞
康熙21	1682	壬戌	狗
康熙22	1683	癸亥	豬
康熙23	1684	甲子	鼠
康熙24	1685	乙丑	牛
康熙25	1686	丙寅	虎

以行列式整理訊息的表格

便於檢索的目錄、索引

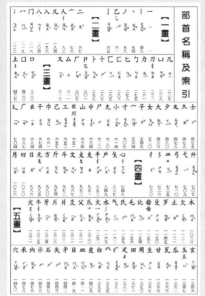

圖片來源：五南圖書《國語活用辭典》

設備的部件解說圖

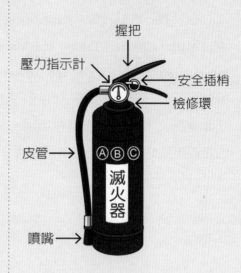

指導如何操作的流程圖

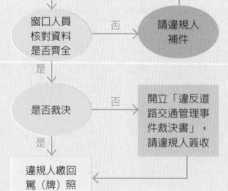

地圖、路線圖

圖片來源：臺北捷運公司

地理分布圖

圖片來源：臺北市政府社會局

須按問題填答的申請表、問卷

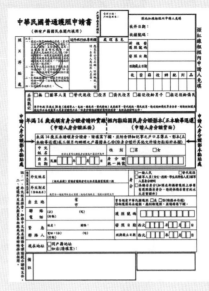

圖片來源：外交部領事事務局

時間表、價目表、節目表

服務項目	收費標準
✓ 第一、二類土地及建物登記電子謄本	20元 / 張
✓ 地籍圖謄本	20元 / 張
✓ 建物測量成果圖謄本	20元 / 張
✓ 地價謄本	20元 / 張
✓ 登記異動索引謄本	20元 / 張
✓ 建物門牌查詢	10元 / 筆

產品型錄

圖片來源：五南圖書

圖片來源：臺北捷運公司

圖片來源：內政部移民署

讓持有者享有權利的 車票、機票、入場券

證明書、文憑

圖片來源：臺灣高鐵

此外，臺灣PISA國家研究中心2011年版《PISA閱讀評量樣本試題》的R414試題「行動電話安全性」，閱讀素材標註為「非連續文本」：

行動電話危險嗎？

是	否
1. 行動電話釋出的無線電波會讓身體組織加溫，造成有害的影響。	無線電波並沒有強大到可以造成身體的熱傷害。
2. 行動電話產生的磁場會影響你身體細胞的運作狀況。	此磁場極弱，所以不太可能影響我們身體裡的細胞。
3. 長時間講行動電話的人有時會抱怨疲勞、頭痛和失去專注力。	這些影響未曾在實驗室條件下被監測，因此有可能是由現代生活方式中的其他因素所造成。
4. 行動電話使用者有2.5倍的可能，在他們聽電話的耳朵附近的腦部形成癌症。	研究者坦承此增加量與使用行動電話的關聯並不明確。
5. 國際癌症研究署已發現兒童癌症與電纜線之間的關聯。和行動電話一樣，電纜線也會發出輻射。	電纜線所產生的輻射是另一種輻射，其能量比來自行動電話的能量大得多。
6. 與行動電話電波類似的無線頻率電波改變了線蟲類蠕蟲的基因表現。	蠕蟲並非人類，所以不能保證我們的腦部細胞會有同樣的反應。

重點

在1990年代末期，有關行動電話健康風險的各式報告紛紛出爐，彼此看法衝突。

重點

數千萬經費已經投入科學研究，調查行動電話的影響。

如果你使用行動電話……	
要	不要
保持通話簡短。	不要在收訊微弱時使用行動電話，因為當電話需要更多電力與基地臺通訊時，無線電波的放射也就更高。
在待機時，身體遠離行動電話。	不要購買有高「SAR」數值的行動電話。這表示它發出更多輻射。 ※SAR（特定吸收率）是一個測量數值，以示人體組織在使用行動電話時吸收了多少電磁輻射。
購買「通話時間」長的行動電話。它的效率較高，放射的能量也較少。	不要購買花俏的防護配件，除非它們已經通過獨立的檢測。

　　如果只看「重點」方框和部分小方格，其實裡面的文句都是連貫成塊狀的，並不零散。所以，「非連續文本」應該從整體來看，也就是前面所說的比喻：「非連續文本」接近貼紙型的表意，「連續文本」接近織布型的表意。很多片貼紙貼成一面牆，雖然單片貼紙裡可能存在「連續文本」，但整面牆仍是「非連續文本」。

1. 信封、目錄都是「非連續文本」

依照上面「非連續文本」的定義和舉例，信封的收件人地址、收件人姓名、寄件人地址和姓名等，都是「條列」，屬「非連續文本」無疑。信封的書寫方式，向來是國語文學科「應用文」的教學內容，不至於和國語文學科無關吧？

86學測23 →CD

如果你要寄信給老師，下列中式信封的格式與用詞，何者正確？

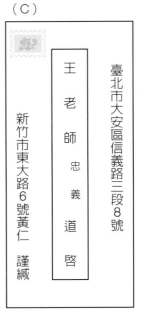

（A）臺北市大安區信義路三段8號　王忠義老師敬啟　新竹市東大路6號黃仁 謹緘

（B）臺北市大安區信義路三段8號　王老師忠義大啟　新竹市東大路6號黃仁 謹緘

（C）臺北市大安區信義路三段8號　王老師忠義道啟　新竹市東大路6號黃仁 謹緘

（D）

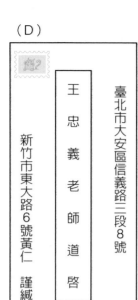

臺北市大安區信義路三段8號

王　忠　義　老　師　道啓

新竹市東大路6號黃仁　謹緘

（E）

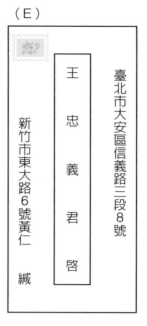

臺北市大安區信義路三段8號

王　忠　義　君　啓

新竹市東大路6號黃仁　緘

97學測22　→AB

楊中偉（地址：臺中市東區新秀街11號）要寫信給他任職公司的副理陶青盈（地址：臺北市南港區星光路22號），右圖橫式信封的書寫方式，符合今日規範的選項是：

（A）寄件人地址的書寫位置-----

（B）收件人地址的書寫位置-----

（C）收件人的姓名與稱呼-----

（D）啓封詞-----

（E）寄件人的書寫位置-----

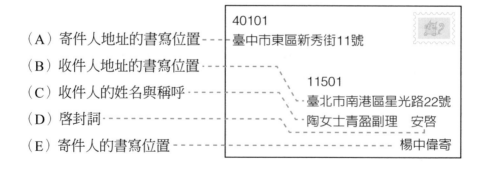

40101
臺中市東區新秀街11號

11501
臺北市南港區星光路22號
陶女士青盈副理　安啓

楊中偉寄

王同學寫了一封信給李榮三校長，下列信封受信者欄的寫法，何者不正確？

（A）

李榮三
校長

道啓

（B）

李校長
　榮三

道啓

（C）

李校長榮三

道啓

（D）

李榮三校長

道啓

臺北的王小姐要以右列信封寄信給高雄的陳先生，其中格式有誤，下列修改何者正確？

（A）郵票應貼在信封右上角

（B）左右欄書寫的地址應對調

（C）左欄的「王緘」二字應改為「王寄」

（D）中欄的啓封詞「大啓」應改為「敬啓」

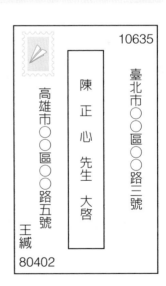

10635
臺北市〇〇區〇〇路三號
陳正心　先生　大啓
高雄市〇〇區〇〇路五號
王緘
80402

除了「信封」，「目錄」也是「條列」型態，當屬「非連續文本」。我們來看看幾個升學考試的試題，都和國語文學科的內容密切相關：

93指考13-14　　　　　　　　　　　　　　→B；C

閱讀下列某部書的「目錄」，回答13-14題：

13. 依據目錄推測，該書最可能在介紹：

（A）政治思想　　（B）儒學思想
（C）區域文化　　（D）文學批評

14. 下列經典，與戊、己、庚三者所討論的課題，關係最疏遠的選項是：

（A）《孟子》　　（B）《荀子》
（C）《春秋》　　（D）《中庸》、《大學》

> 甲、孟軻論「人有四端」
> 乙、荀況論「禮治」
> 丙、董仲舒論「春秋大義」
> 丁、韓愈的「排斥佛老」
> 戊、程頤論「格物窮理」
> 己、朱熹論「存天理，去人欲」
> 庚、王守仁的「致良知」

102學測17　　　　　　　　　　　　　　→ABCE

框線內為某一部《魏晉南北朝文學史》的目次，依目次選出對該書敘述正確的選項：

（A）按照朝代先後次序進行介紹
（B）詳於詩歌而略於駢文、散文
（C）對曹氏父子的詩風有所著墨
（D）強調陶淵明對南朝詩壇的影響
（E）指出庾信對北朝文風的影響

> 第一章　建安風骨
> 第二章　兩晉詩壇
> 第三章　陶淵明別樹一幟的詩風
> 第四章　謝靈運與詩風的轉變
> 第五章　齊梁詩壇
> 第六章　庾信與南朝文風的北漸
> 第七章　南北朝駢文及散文
> 第八章　魏晉南北朝的賦、駢文與散文

老師上課時播放下面投影片，關於投影片的內容敘述，何者正確？

（A）體例屬於章回小說
（B）內容為佛教講經經文
（C）結合史論時事與詩詞
（D）受朝廷重視列為科舉項目

第
八
回
觀
音
奉
旨
上
長
安

第
七
回
我
佛
造
經
傳
極
樂

第
六
回
五
行
山
下
定
心
猿

第
五
回
八
卦
爐
中
逃
大
聖

第
六
回
小
聖
施
威
降
大
聖

第
五
回
觀
音
赴
會
問
原
因

第
五
回
反
天
宮
諸
神
捉
怪

第
五
回
亂
蟠
桃
大
聖
偷
丹

　　「信封」、「目錄」是許多地方尋常可見的「非連續文本」。但
有些地方可能因為語言的特性，發展出特別的「非連續文本」。例如
中文「題辭」，只有很簡潔的「條列」文字，應該算「非連續文本」
吧？

陳老師新婚，小榕想送賀儀道喜。下列詞語，何者最適合寫在禮金袋
上？

（A）　　　　　　　（B）　　　　　　　（C）　　　　　　　（D）

松柏長青　　　　　天作之合　　　　　杏林春暖　　　　　桃李芬芳

那麼，「對聯」呢？就下題的語境來看，甲、乙分在門的兩邊，還不夠「條列」嗎？但「甕裡乾坤大，清樽日月長」還是得合起來才有完整意義，這樣究竟是「連續文本」還是「非連續文本」？

105會考28　　　　　　　　　　　　　　　　　　　**→A**

周亮來到「有間酒店」買酒，看到店門口貼有一副對聯。依據對聯的原則，右圖中（乙）聯的位置應是下列哪一句聯語？

（A）清樽日月長

（B）甕裡乾坤大

（C）一醉千愁解

（D）開罈香十里

其實，PISA提出「連續文本／非連續文本」的分類標籤，只是基於編製測驗的需要，並不是要發明一套幫世間所有文本進行分類的系統。既然它本來就沒考慮得那麼細密，我們又何必鑽牛角尖要把「對聯」強歸入一類呢？

2. 關鍵在「非連續文本」裡放了什麼內容

也許大家會想到：「信封」是無論寫信給什麼人，都和國語文有關。但「目錄」所屬的書籍，如果不是前面那些試題的古代學術思想、魏晉南北朝文學、《西遊記》，而是數學、電子學，那還跟國語文有關嗎？

很顯然，「非連續文本」只是形式，裡面裝進不同的學科內容，就會變成不同學科的試題。例如108學測社會科第16題，要具備臺灣社會發展的知識，才能判斷答案是「小學畢業生進入初（國）中的比例」：

表2為臺灣自民國55年到60年某項資料。這項資料最可能是：

表2

年代（民國）	%
55年	58.95
56年	62.29
57年	74.66
58年	76.04
59年	79.81
60年	81.39

（A）農業生產占全國生產總值的比例
（B）農村地區電力照明設備的普及率
（C）美援麵粉成為國民主食的普及率
（D）小學畢業生進入初（國）中的比例

或如109學測自然科第18題，也是要了解氣壓、氣溫、地勢的相關性，才能計算出答案是「約1000公尺高，山頂氣溫約13.5℃」：

法國數學家帕斯卡利用兩支相似的水銀氣壓計，將一支帶到多姆山的山頂，一支留在山腳下，發現山頂的氣壓計高度比山腳下的低了7.6公分。假設山腳下的氣壓為一

大氣壓（約1013百帕），氣溫約20℃，試由圖4判斷多姆山高度及山頂的氣溫分別為多少？（平均溫度遞減率為每上升100公尺下降0.65℃）

（A）約500公尺高，山頂氣溫約15.0℃

（B）約500公尺高，山頂氣溫約17.5℃

（C）約1000公尺高，山頂氣溫約10.0℃

（D）約1000公尺高，山頂氣溫約13.5℃

（E）約1500公尺高，山頂氣溫約10.0℃

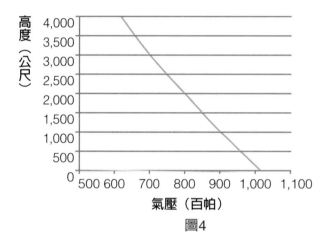

圖4

這類要依據「非連續文本」作答的試題，在社會科、自然科甚為常見。林珊羽《教導閱讀策略提升國小五年級學童非連續性文本理解成效之行動研究》（臺中教育大學碩士學位論文，頁54）統計了103至107年「國中教育會考」各科「非連續文本」的題數後發現：「非連續文本」出現於自然科、社會科的次數比其他科目多，出現於國文科

的次數其實是最少的。所以，當這幾年國文科也開始使用「非連續文本」，頗多人感到不習慣：

> 一百零八年學測國文試題中，出現不少非連續文本的圖表閱讀，因此被質疑不像是國文試題，……也許過去的教育太著重於文字文本的閱讀，而輕忽了圖表與文字說明的關係，導致不少人對於國文試題的印象停留在把文字讀懂就好。（彭正翔〈多元文本閱讀，有助提升素養能力〉，「國語日報教育廣場」投書，2019年2月）

> 會考中除跨領域試題外，也異於傳統的題型的，就屬圖表試題了。106年會考，學生乍見此類題目，先是一愣，既而腦中搜尋國小數學領域所學的圖表、統計單元，才能仔細推敲其中意涵。至於國文科教師，浸淫國語文教學數年至數十年，甚少於課堂授及圖表內容，怎知會考迸出此類試題，心中忐忑，著實擔心學生能否統合數學能力，順利答題，更自問今後是否也該圖表授課！（黃志傑〈國中國語文會考跨領域及圖表試題內容分析與討論〉，《中國語文》759期，2020年9月）

這種不習慣，固然與形式因素有關，但內容因素或許更為關鍵。因為以會考國文科來說，試題中出現的「非連續文本」，大多取生活常用、故而本科氣味較淡的素材。

其實若要找道道地地的「本科圖表」來做考題，國文科當然也做得到。例如下面這題，給的是「十大常見冗詞贅語」的網路聲量表。可調查網路聲量的事物何其多，但表格裡裝進「語言癌」，應該「很國文」吧！

○○國中段考　　　　　　　　　　　　　　　　　　→A

依據下表，何者對話沒有語言癌？

（A）「請問您是第一次來店裡用餐嗎？」「對，第一次來。」

（B）「我請服務生馬上幫您做點餐的動作。」「沒關係，不急。」

（C）「要不要試試所謂的春川辣雞？」「我這邊好像沒聽過這道菜。」

（D）「基本上這部分有做買一送一。」「所以現在是打五折的概念嗎？」

語言癌上身！十大常見冗詞贅語	
例句	網路聲量
「其實」……（句句用「其實」開頭）	1,148,692
……「然後」……（句和句之間不斷「然後」）	832,090
……「對」（每句講完加「對」）	795,220
進行……「的動作」	781,724
……「的部分」	358,110
「所謂的」……	215,373
是……「的概念」	188,026
「基本上」……	181,030
「老實說」……	68,738
把「我」說成「我這邊」	26,216

或如102末代國中基測（103起改爲國中教育會考）的題組，研習班簡章的課程可以形形色色，但書法字體就跟國語文的學習內容高度相關了：

102基測37-38 →A；B

○○書道協會97年度書法研習會第二期研習班簡章

一、課程內容

甲系列：各種書法之美　　　　乙系列：□□□□□□

日期	課程名稱
9/26	甲古文、金文形構研究
10/3	
11/21	隸楷書體筆勢賞析
12/14	行草章法布局探究

日期	課程名稱
9/30	字架之妙：歐陽詢九成宮體泉銘玩賞
10/28	心正筆正：柳公權玄秘塔碑探微
11/7	忠臣風骨：顏真卿顏氏家廟碑品析
11/28	狂放之美：懷素自敘帖欣賞

二、報名方式（略）

---

37. 依據甲系列各課程判斷，10月3日的課程名稱最可能是下列何者？

（A）篆書筆法結構分析　　　（B）篆書名稱源流考證
（C）篆書名家與碑帖軼事　　（D）篆書與秦文化之關連

38. 根據乙系列的各課程名稱判斷，此系列課程的研習主題應爲下列何者？

（A）書法名家生平　　　　（B）名家碑帖介紹
（C）各類書體臨摹　　　　（D）歷代書體演變

上面這個題組也顯示：「非連續文本」要與國語文相關，圖表裝進特定內容固然是途徑之一，但尚有另一種途徑，就是將題目設定在文意連貫、主旨概括的判斷上。上題10月3日的課程判斷，重點並非「甲骨文→金文→篆書」的文字演進知識，而是「形構、筆勢、章法」的主題共同性；乙系列的名稱判斷，也在「名家碑帖」的主題共同性。因此，如果試題的著眼點在此，即使「非連續文本」的內容在其他領域，也可以「很國文」！例如回答下題，要能看出「用台北1/2的價格，進駐黃金抗跌地段」這句話，不該出現在標題為「買不如租」的文案裡，仍屬語文能力的檢測。

93四技統測50 →B

下列是一幅平面廣告，依據標題「買不如租，輕鬆享受醇美山居歲月」，文案中（A）、（B）、（C）、（D）四句話，何者與全文主旨不符？

3.「非連續文本」為國語文學習提供可視化工具

　　「可視化」（Visualization）一詞，原本是電腦資訊處理的術語，意思是指把巨量數據轉化為直觀的圖像。乍看這似乎與國語文學科無關，但其實也如前文所說，端看這數據是哪個學門領域的內容。下面這題的「文字雲」，就是將《論語》、《左傳》兩本書的詞頻，用可視化技術讓讀者「秒懂」。

107四技統測11 →A

下列甲、乙兩朵文字雲由兩本經典製成，書中使用次數越多的字，字體越大，則這兩本經典依序應是：

（A）論語；左傳　　（B）論語；荀子

（C）孟子；左傳　　（D）孟子；荀子

甲	乙

我們之所以需要透過可視化幫助理解，肇因於人類左、右腦的差異。左腦被稱爲語言腦、知性腦，主要處理文字訊息，具理性與邏輯；右腦被稱爲圖像腦、藝術腦，主要處理聲音和圖像訊息，感性而直觀。爲什麼市面上總有《圖解○○○》的書籍？爲什麼網路上「一張圖教你讀懂○○○」層出不窮？其實從古至今，訴諸直觀一直是人們偏愛的方式。此外，右腦的記憶量大，如果我們能善用圖像，可以顯著強化記憶。

下面三題，都是將國語文知識可視化：一題是把先秦重要經典的知識可視化，一題是把臺灣五○年代新詩的知識可視化，一題是把古典韻文的知識可視化。我們不妨想像一下，這些知識用「非連續文本」的樣式呈現，是不是比寫成「連續文本」來得讓人記憶深刻呢？

103學測5　　　→C

某生爲「先秦諸子散文」繪製便於理解的圖形如右，選出敘述正確的選項：

（A）甲可塡：《墨子》

（B）乙可塡：作者親撰與弟子對話內容

（C）丙可塡：《孟子》

（D）丁可塡：出現概括全篇主旨的篇題

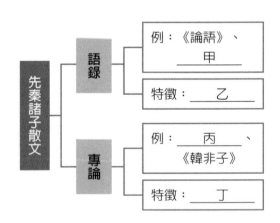

關於下圖，敘述正確的選項是：

（A）＿＿＿＿＿內應填：紀弦

（B）由「縱」與「繼承」可大略推知，藍星詩社認為新詩應吸收古典傳統

（C）相對於「縱」的時間概念，「橫的移植」應是指學習外國的詩學思潮

（D）余光中〈橄欖核舟〉：「擊空明，泝流光，無論怎樣／那夜的月色是永不褪色的了」甚具「橫的移植」風格

（E）「橫的移植」和「縱的繼承」雖然觀點互異，但皆對新詩的風格有所反思，影響日後臺灣新詩的發展

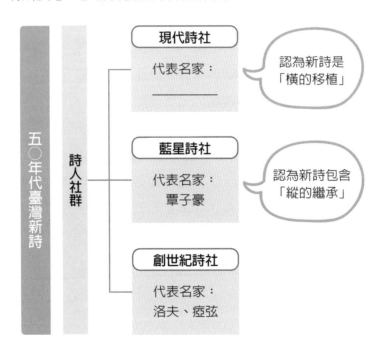

以下是小臻在國文課所做的筆記，一時大意寫錯一處。筆記中的錯處應是下列何者？

（A）① （B）② （C）③ （D）④

古詩
◆ 多五、七言 ◆ 句數不固定① ◆ 不一定對仗 ◆ 可以換韻②

近體詩	
律詩	絕句
◆ 五、七言 ◆ 八句 ◆ 一定要對仗 ◆ 一韻到底③	◆ 五、七言 ◆ 四句 ◆ 一定對仗④ ◆ 一韻到底

　　在國語文學科使用「視覺化閱讀策略」，早已習以為常。視覺化閱讀策略通常是借助可視化的工具——各種圖形組織（例如定義圖形組織、分類圖形組織、序列圖形組織、對比圖形組織等）、圖畫、實物、表演等，促進學生的閱讀能力，提高閱讀成效。以運用圖形組織來說，可以引導學生掌握全文表述的結構，認清全文發展的理路。其中最為人熟知的圖形組織，便是英國Tony Buzan（1942～2019）所發明的心智圖（Mind Mapping）。下面這題便是利用圖形組織，幫助學生理解「言有物＝義」，「言有序＝法」，「義＋法＝成體之文」的敘述脈絡（清代桐城派方苞的言論）。

若以「→」代表由因到果的關係，符合下文脈絡的示意圖為何？

「義」即《易》之所謂「言有物」也，「法」即《易》之所謂「言有序」也。義以為經，而法緯之，然後為「成體之文」。

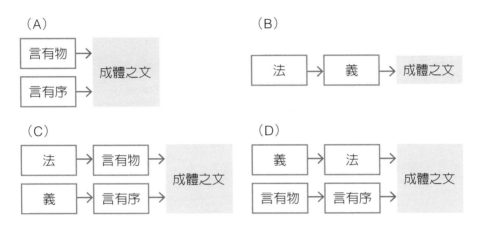

（A）

言有物 →
言有序 → 成體之文

（B）

法 → 義 → 成體之文

（C）

法 → 言有物
義 → 言有序　　成體之文

（D）

義 → 法 →
言有物 → 言有序 → 成體之文

　　除了圖形組織之外，把既有的文字描述用圖畫來表現，也是一種視覺化閱讀策略。下面這題，對於石獸會朝上游移動的原因，原有「水不能沖石，其反激之力，必於石下迎水處囓沙為坎穴。漸激漸深，至石之半，石必倒擲坎穴中。如是再囓，石又再轉」的歷程交代，但透過圖畫，把最關鍵的階段具體繪製出來，一串古文的陌生感頓時轉為一幅畫面的臨場感，是不是更有助於理解呢？

　　滄州南一寺臨河幹，山門圮於河，二石獸沉焉。閱十餘歲，僧募金重修，求二石獸於水中，竟不可得，以為順流下矣。棹數小舟，曳鐵鈀，尋十餘里無跡。一講學家設帳寺中，聞之，笑曰：「爾輩不能究物理。是非木柿，豈能為暴漲攜之去？乃石性堅重，沙性鬆浮，湮於沙上，漸沉漸深耳，沿河求之，不亦顛乎？」眾服為確論。一老河兵聞之，又笑曰：「凡河中失石，當求之於上流。蓋石性堅重，沙性鬆浮，水不能沖石，其反激之力，必於石下迎水處嚙沙為坎穴。漸激漸深，至石之半，石必倒擲坎穴中。如是再嚙，石又再轉。轉轉不已，遂反溯流逆上矣。求之下流，固顛；求之地中，不更顛乎？」如其言，果得數里外。（紀昀〈河中石獸〉）

下列四圖，何者最接近「老河兵」對「河中石獸」移動原因的分析？

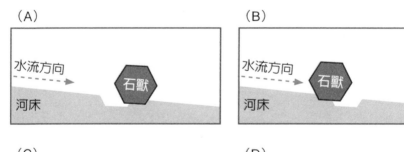

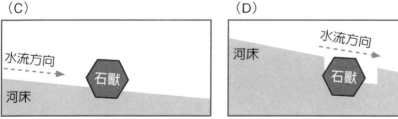

圖形組織不只是提高閱讀成效的策略，也是建立寫作思維的策略。在這方面，無論老師或學生都有相當多的運用經驗，過去也有模擬此一「寫作準備階段」的試題。

100基測二38-39　　　　　　　　　　　　　　**→A；C**

阿宏在作文課中依照老師所出的題目畫出下列結構圖，請閱讀並回答38-39題。

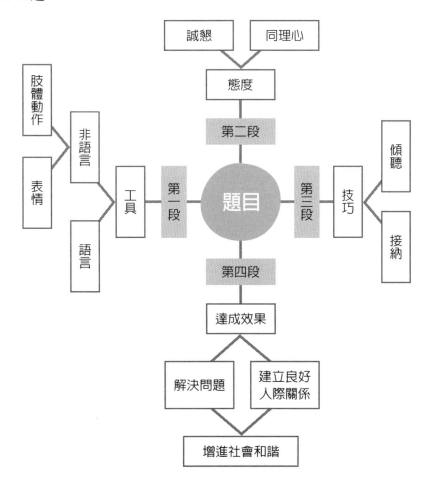

38. 根據這張結構圖，下列何者最可能是老師所出的作文題目？

（A）談溝通　　　　（B）情緒管理

（C）演說的技巧　　（D）創造理想人生

39. 根據這張結構圖，這篇文章的布局應爲下列何者？

（A）總述全文綱要之後分段引證、推論

（B）先提出結論，再依因果關係逐項說明

（C）針對題目的不同層面，分段敘述說明

（D）先正面論述，再反面立說，最後歸納作結

　　綜合上述，無論是將知識可視化，或是以可視化工具提高閱讀能力、促進寫作思考，都是「非連續文本」在國語文學習上常見的應用。市面上很多書不僅肯定視覺化思考的價值，也致力於介紹視覺化思考的方法。例如美國丹‧羅姆（Dan Roam）《餐巾紙的背後》（遠流，2012年），推薦以「線條圖」來呈現「誰／什麼」，「條型圖」來呈現「有多少」，「區域圖」來呈現「何處」，「時程圖」來呈現「何時」，「流程圖」來呈現「如何」，「多重變數圖」來呈現「爲何」，主張「在視覺上把問題分爲六W，似乎是符合人類的神經系統運作」，也認爲視覺化的思考，能讓我們的分析力和創造力同時發揮。又如日本櫻田潤《圖解思考的本質》（悅知文化，2019年），推薦以「交換圖」來具體呈現各種關係，「樹狀圖」來釐清事物的構造，「深入探討圖」來探討問題的因果，「比較圖」來釐清項目的差異，「步驟圖」來呈現抵達目標的流程，「文氏圖」來凸顯事物的特

徵，「金字塔圖」來釐清方向性。又如商業周刊《哇！厲害的人這樣做筆記》（商業周刊，2015年），也推薦「最好用的五大圖表筆記術」：康乃爾筆記術、關鍵字筆記術、九宮格筆記術、心智圖筆記術、樹狀圖筆記術。

這些琳瑯滿目的「非連續文本」，早已或多或少的進入國語文學習中。例如下面這個把唐宋古文名篇可視化的試題，可知用的是什麼圖？答案是「文氏圖」（Venn Diagram）。這是英國John Venn（1834～1923）創造的集合歸類方法，適合揭示不同事物群組（集合）之間的邏輯關聯。以「文氏圖」將「散文」、「宋代文學」、「登高題材」三個集合可視化，深入細想後我們會發現：「非連續文本」其實會帶來提問的改變——也就是說，若沒有這個圖，我們不會想到有這個問題可問。因為這三個集合若要用「連續文本」表述，必定囉唆又難懂，誰會這麼提問呢？

110四技統測5　　　　　　　　　　　　→A

如右圖所示，①為三者的交集，②、③、④為兩兩的交集。

下列古典名篇的敘述，何者最不適當？

（A）蘇軾〈赤壁賦〉符合④

（B）范仲淹〈岳陽樓記〉符合③

（C）柳宗元〈始得西山宴遊記〉符合②

（D）歐陽脩〈醉翁亭記〉符合①

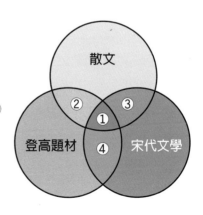

「連續文本」與「非連續文本」能各自提供有助於學習的途徑。宋代鄭樵《通志‧圖譜略‧索象》曾指出，「圖」與「書」配合起來讀，就像既看到一個人的外形，也聽到他的言談。古人就是懂得「索象於圖，索理於書」，所以學得快、學得好，後來的人只重文字不重圖，學習成效便大打折扣：

> 河出圖，天地有自然之象；洛出書，天地有自然之理。天地出此二物以示聖人，使百代憲章必本於此，而不可偏廢者也。圖，經也；書，緯也；一經一緯，相錯而成文。圖，植物也，書，動物也，一動一植，相須而成變化。見書不見圖，聞其聲不見其形；見圖不見書，見其人不聞其語。圖，至約也；書，至博也。即圖而求易，即書而求難。古之學者為學有要，置圖於左，置書於右，索象於圖，索理於書，故人亦易為學，學亦易為功，舉而措之，如執左契。後之學者離圖即書，尚辭務說，故人亦難為學，學亦難為功，雖平日胸中有千章萬卷，及真之行事之間，則茫茫然不知所向。

古人雖然不懂左腦右腦協同並用的原理，卻早懂得運用「一經一緯，相錯而成文」的圖文互證方式來增強理解效果。仔細想想鄭樵「聞其語、見其形」的比喻，其實也頗符合左腦是語言腦、右腦是圖像腦的事實。所以，國語文課程如果只看「書」而不看「圖」，只看「連續文本」而不看「非連續文本」，似乎便有負鄭樵在大約一千年前幫我們做的這番分析了。

1-3　「非連續文本」和素養導向評量有關嗎？

1. 國語文是「核心素養」之一，教學也一向素養導向

　　依據《十二年國民基本教育課程綱要》（俗稱「108課綱」）的設想，無論各學科的屬性、內容為何，都應促進學生的九項「核心素養」。所謂「核心素養」，是指一個人為適應現在生活及未來挑戰，所應具備的知識、能力與態度。這些素養包括：

自主行動	溝通互動	社會參與
A1身心素質與自我精進	B1符號運用與溝通表達	C1道德實踐與公民意識
A2系統思考與解決問題	B2科技資訊與媒體素養	C2人際關係與團隊合作
A3規劃執行與創新應變	B3藝術涵養與美感素養	C3多元文化與國際理解

其中「B1符號運用與溝通表達」，最主要的工具就是各種語文。在歐盟2006年提出的八項核心素養中，「母語溝通能力」（Communication in the mother tongue）、「外語溝通能力」（Communication in foreign languages）就占了兩項；2018提出新版的八項核心素養，「讀寫素養」（Literacy competence）、「多語素養」（Multilingual competence）仍占了兩項。

　　如果參看林永豐〈核心素養導向的課程轉化與教案特色〉一文所提供的「促進核心素養的課程內涵或教學策略示例表」，也指出「各類語文領域」本身即是「B1符號運用與溝通表達」的「可能的課程內涵或教學策略」（《教育研究月刊》289期，2018年5月）。所以，

國語文學科就算「獨善其身」，什麼領域都不跨，仍是促進「核心素養」。

108課綱的「核心素養」，其實源自OECD的「Key Competences」，也源自歐盟的「Key Competences for lifelong learning」。OECD於1997年進行「素養的界定與遴選：理論和概念基礎」（Definition and Selection of Competencies：Theoretical and Conceptual Foundations，簡稱DeSeCo），2003年發布成果報告。「Key Competences」具有濃厚的歐陸教育觀點，主要是從「如何適應現在生活及未來挑戰」的角度著眼，因而特別注重情境結合與生活實踐，也強調知識、能力、態度的統整。

「核心素養」的CBE（competency-based education）教育觀點，可溯源於美國，原先講求績效管理與品質控制，到了OECD和歐盟，轉為強調終身學習與整合性的素養。吳璧純、詹志禹〈從能力本位到素養導向教育的演進、發展及反思〉（《教育研究與發展期刊》第14卷2期，2018年6月）簡要說明了「核心素養」的來龍去脈：

> 美國的CBE運動大約在1990年代，就隨著全球化的腳步向全世界擴散。……在知識經濟與人力資本的概念下，CBE逐漸成為世界性的教育運動。……經濟合作發展組織（OECD）從1997－2002年開始發展「素養的定義與選擇（Definition and Selection of Competencies，DeSeCo）」架構；所有這類努力，都是對於CBE的反應。……2001年歐盟成立專責機構，研議關鍵素養之建置，並於2002年提出八大關鍵素養。……1990年代末期，OECD與UNESCO的終身教育主張（所謂五大支柱）

逐步聚合，OECD（1996）《全民終身學習》（Lifelong Learning for All）報告書，明確指出終身教育的目的是：透過終身學習促進個人發展、社會凝聚和經濟成長，讓所有人不論年齡或教育階段，都受到激勵並積極參與學習。……OECD（2003）的「素養的定義與選擇」架構，就嘗試界定所有成員國人民所需的共同核心素養，希望促進「成功的生活」及「健全的社會」，……OECD最後歸納出三大類的核心素養——能使用工具溝通互動、能在社會異質團體中運作與互動、能自主行動。……當OECD的DeSeCo計畫完成之後，臺灣當時的國科會（科技部前身）也在2006年啟動相似計畫，並將譯名從「能力」逐漸改為「素養」，「關鍵能力」則改成「核心素養」。十二年國教課綱在發展時，延續此一用詞，採取歐盟及OECD的整合性（holistic）觀點，將「素養」界定為：個體為了健全發展及因應生活情境需求所不可欠缺的知識、能力與態度。

我們如果在辭典查「competence」這個詞，原意其實是指：具備技術領域的職能，相當於「勝任、稱職」。所以，「competence」在教育領域有不同於原意的想像，如終身學習能力、素養等，前提在於「Key Competences」這個新術語的創造與提出。

　　那麼，以「Key Competences」為內涵的「素養」，是否迥異於我們平常所說的「素養」呢？這倒也未必。例如郭位（香港城市大學校長）、龍應台（前文化部長）談「人文素養」，也是從態度或舉止來觀察的：

有沒有人文素養，跟學什麼專業未必有關係。一個具人文素養的人，不必然出身人文社會學科。……那些擺賣蔬果的少數民族，看上去沒什麼學歷，也沒有受過世俗「人文素養」的訓練。他們純潔、品格崇高，理念簡單，說話貼心。那麼大家認為他們有沒有人文素養？所以，人文素養不但跟是否讀理工沒有關係，甚至跟是否讀過書也沒有必然的關係。（郭位〈香港作家聯會第十二屆理事會就職典禮致辭〉，2016年）

素養跟知識有沒有差別？……納粹頭子很多會彈鋼琴、有哲學博士學位。這些政治人物難道不是很有人文素養嗎？我認為，他們所擁有的是人文知識，不是人文素養。知識是外在於你的東西，是材料、是工具、是可以量化的知道；必須讓知識進入人的認知本體，滲透他的生活與行為，才能稱之為素養。……「知」與「行」是不是兩回事呢？王陽明說：「此已被私欲隔斷，不是知行的本體了。未有知而不行者；知而不行，只是未知。」在我個人的解讀裡，王陽明所指知而不行的「未知」就是「知識」的層次，而素養，就是「知行的本體」。王陽明用來解釋「知行的本體」的四個字很能表達我對「人文素養」的認識：真誠惻怛。（龍應台〈在迷宮中仰望星斗〉，1999年）

依上述看法，「人文素養」不等於「人文知識」，甚至不必然以「知識」為基礎。「知識」是外在的，「素養」則是知行合一的，

「知道」且能「做到」，才稱得上具備「素養」。因此，「博士買驢，書券三張，未有驢字」，一個人即使學富五車，倘若語文表達缺乏實效，他的「語文素養」還是不好。

基於「Key Competences」的角度，國語文應該是要從情境中學、要派得上用場，才符合素養導向教學。

第一點不成問題。學習國語文，通常不會直接拿辭典來讀，不會拿語法專書來讀，而是在「課文」的閱讀情境裡，學習到某個詞語的意思、某個寫作的手法、或某個作家的風格。例如，我們是從〈五柳先生傳〉裡知道一點陶淵明，也從文章裡學幾個古代詞語，像「不求甚解」、「簞瓢屢空」……。這些知識，都沒有抽離課文的情境，做孤立的學習。此外，我們也是在「讀課文」的情境中，學習到「怎麼讀文章」的方法知識。例如，閱讀策略有：找連結、抓重點、圖像化、提問、預測……，這些策略是離開課文單獨學嗎？沒有，也是依課文的情況，一邊學一邊用。所以，國語文本身就是「在做中學」的情境化學習。

第二點也不成問題。聽、說、讀、寫的技能，在日常生活中豈會無用武之地？但有人總會先入為主的質疑：國語文的上課內容，有些不屬於「參與社會應具備之功能性的知識與技能」吧？例如古文、古人，這些有當代的使用情境嗎？其實，古文、古人的使用情境絕對存在，例如下頁孔子、莊子打疫苗的哏圖，創作者的靈感來源，不就是對孔子「循序漸進」、莊子「泯除分別」的概略印象？而讀者不也是基於對孔子、莊子的相同認識，才感受到哏圖的趣味？如果我們能在學生接觸某項知識的時候，協助他們體會、發覺它潛在的應用性，那

當然最好，但這「潛在的應用性」總是難以預知，所以也不必畫地自限，自認這樣的知識無關「素養」，更何況課綱所謂「生活實踐」、「真實情境」，原來就不能從很狹隘的「當下派上用場」來理解。

2. 紙筆評量不用靠「非連續文本」刷「素養」的存在感

也許是過度放大了下面這段文字的第二個重點，以至於有人會將國語文試題中出現「非連續文本」，當成「素養導向」的標誌：

> 大考中心宣布，未來的題型改變方向有以下三個重點：1.情境式命題。……2.著重在閱讀理解、圖表判讀等整合運用知識的能力。除了純文字外，是否能精確解讀表格、繪圖、地圖等也是重點。3.跨領域、跨學科的綜整題型，將取代零碎、片斷的記憶與背誦型知識。（教育部《面向未來的能力：素養導向教學教戰手冊》，頁26）

的確，在以「連續文本」為主的國語文試題中出現圖表，很能吸引目光，但借莎士比亞《威尼斯商人》說的：「All that glitters is not gold」，閃閃發光的圖表素材，本質未必就是素養導向評量。

歸納多位專家的看法，真正的「素養導向評量」應該是既考察學生的認知能力、實作技能，同時也要觀察學生的情意、態度；應該是重視形成性評量、診斷性評量；應該包含多元化的評量方式（如實作評量、檔案評量、動態評量等），不限於紙筆評量或客觀測驗。

　　如果僅就紙筆測驗而言，「以往的紙筆測驗多著墨於知識和理解層次的評量，素養導向則較強調應用知識與技能以解決真實情境脈絡中的問題。除了真實脈絡之外，問題本身應盡可能接近真實情境中會問的問題。」「真實情境泛指在日常生活、學習脈絡或學術探究中可能遭遇的問題情境，包括學生親身經歷過的、未來可能經歷的，或是他人的經驗但值得參考的各種問題情境。素養導向評量強調透過選擇合理且適當的問題情境，讓學生了解所學與其生活或職涯發展的關係。」（任宗浩〈素養導向評量的界定與實踐〉，教育部中小學師資課程教學與評量協作中心《課程協作與實踐》第二輯，頁76）

　　既然國語文教學一向是素養導向，那麼即使在僅能透過紙上談兵解決問題的紙筆測驗裡，也不會對「合理且適當的問題情境」從未理會。我們來看兩個二十多年前的試題吧，第一個的問題情境是：判別一首七言八句的韻文是哪一種體類，題幹提供的先備知識是詩、詞、曲的風格大致區別。第二個的問題情境是：輸入哪一組詞彙能從《全唐詩》全文檢索系統中找到「田園詩」，其先備認知來自課文或其他詩選的閱讀經驗。這兩題都凸顯應用知識的意義，布置的也是學習脈絡或學術探究中會遇到的問題。

「尊前擬把歸期說，未語春容先慘咽。人生自是有情癡，此恨不關風與月。離歌且莫翻新闋，一曲能教腸寸結。直須看盡洛城花，始共春風容易別。」如果根據鄭騫先生〈詞曲的特質〉一文所述，詩、詞、曲除了語言形式有別之外，在風格上，詩較莊嚴厚重，詞較溫柔含蓄，曲較奔放顯豁；則上列這首作品應該是：

（A）七言古詩 （B）七言律詩 （C）詞 （D）曲

在這個資訊化的時代，不少中國古籍也已經輸入電腦，使讀者可以藉由「全文檢索系統」迅速地查閱資料。如果我們準備利用「《全唐詩》全文檢索系統」蒐羅以田園生活為題材的唐代詩歌，則輸入下列選項中哪一組語彙，可以最快找到相關作品？

（A）黃沙、絕漠、瀚海、胡塵 （B）柴門、荊扉、幽篁、壚里
（C）西崑、東溟、鍾山、瑤臺 （D）玉階、綺窗、畫閣、簾鉤

　　這兩題出現的時代，課本的依據是民國72年的高級中學課程標準，命題者豈能預知108課綱所指引的教學路向？再借莎士比亞《羅密歐與茱麗葉》說的：「That which we call a rose by any other name would smell as sweet」，無論是用「素養」或其他名稱，國語文教學的本質始終是「學自情境，用於情境」。教學如此，評量亦然，既不用靠「非連續文本」來證明我們正朝「素養導向」努力，也不用靠「非連續文本」來替國語文刷「素養」的存在感。

「非連續文本」
超連結

2-1 PISA閱讀評量如何界定「文本」？

1. 語言學和文學對「文本」的認知

　　「text」一詞，目前幾乎都譯為「文本」。在不同學科裡，對「文本」有不同的談論。

　　就語言學而言，「text」的翻譯除了「文本」，另有「篇章」、「語篇」，而且經常和「discourse」互通，因此，「discourse」也譯為「篇章」、「語篇」、「話語」，甚至「文本」。胡曙中《語篇語言學導論》（上海：上海外語教育出版社，2012年）〈前言〉：

> 西方學者自己對「discourse」和「text」的理解和使用也一直不很統一，……McArthur把「text linguistics」看成是「discourse analysis」的一個屬概念，認為前者「主要指對書面語的研究」，而後面同時涵蓋書面語和口語。然而，text linguistics並不這樣認為，……所以，用口語和書面語的分野來界定「discourse（話語）」和「text（語篇）」的區別，似乎是沒有多少道理的。……一般說來，英美國家的學者喜歡用「discourse」，而歐洲大陸的學者則喜歡用「text」和「text linguistics」，當然，這也只是「一般說來」而已。……很多西方學者筆下的「text」和「discourse」也沒有嚴格界定，甚至同一作者也不加界定地使用這兩個概念。

一堆文字或一串話，必須符合特定條件，才能稱得上是「文本」，這些條件包括：前後銜接、語義連貫、傳達一個完整訊息、存在於溝通環境、具有交際功能等。所以，在月臺上的「注意安全」書面標語，或爸媽「注意安全」的口頭叮嚀，都是「文本」。

現行《十二年國民基本教育課程綱要》的國語文課綱「學習內容」裡，有「文字篇章」、「文本表述」兩個詞彙，那麼，此處的「文本」是指什麼？與「篇章」相同嗎？我們來看看「國民中小學暨普通型高級中等學校」和「技術型高級中等學校」的課綱怎麼說：

> 「文字篇章」體現語言文字的結構特性，分為「標音符號」、「字詞」、「句段」及「篇章」四項。「文本表述」之「文本」是指語言文字及其他符號，遵循語義規則所組成的句子、段落或篇章。（普高）

> 「文字篇章」先從語言運用的單位揭示「字詞→句段→篇章」三層序列，涵蓋口頭語、書面語及影音圖像。「文本表述」則依據「文字篇章」的表意功能，掌握各類文本特徵，並內化為表達能力。（技高）

在這兩段敘述中，「文本」很明顯等同於「句子、段落或篇章」，可見課綱所設想的「文本」，仍是偏向「連續文本」。唯一較不一樣的是：技術型高中的國語文課綱補充說明「文本（篇章）」不限書面語，也包含口頭語和影音圖像。

現行課綱的「學習內容」，最初研擬的三個向度是「文字／文學／文化」，後來改為「文字／文本／文化」，最後才改為「文字篇章／文本表述／文化內涵」。將「文學」改為「文本」，主要應是為了強調「國語文」這門學科並不等於「文學」。關於這點，其實在黎錦熙《新著國語教學法》中有類似的想法：「無論教材為簡單的語言或為高深的文藝，一涉及普通教學，即係四百號『語言』的立場，並不站在八百號『文學』的立場也。」（這裡的四百號、八百號，係指「杜威圖書十進分類法」十個大類中的「400語言學」、「800文學」。）

而文學領域談「文本」，則不會忽略「文本」（text）和「作品」（work）迥然有別。南帆、劉小新、練暑生《文學理論》（北京：北京大學出版社，2015年，頁38-41）：

> work的基本含義通常指：有目的的某種活動、根據某種目的做出來的產品等等。文學作品（work）因此包含著它是作者有目的的創造物，是作者意圖的體現等意味。相比於「作品」（work），「文本」（text）屬於20世紀文學理論的新興概念。……從俄國形式主義、英美新批評到結構主義批評，人們都努力把文學文本從作者、社會歷史中獨立出來。這一理論傾向的集中體現，就是用「文本」一詞取代了「作品」。因為「作品」這個概念總是提示著作者的存在，而「文本」概念則提示我們：由語言文字組成的文學實體，是一個自足的體系。……「文本」這一概念的使用，是20世紀文學理論和文學批評的一場革命。

由這個觀點產生的「互文性」（intertextuality），影響了文本解讀方式。各個文本是平等的，意義在文本交織過程中產生，李玉平〈「影響研究」與「互文性」之比較〉（《外國文學研究》2004年2期）：

> 互文性是非線性的、開放的、多向的，呈輻射狀展開，所有的文本處於一個龐大的文本網系中，它們之間沒有時間的先後關係，更無需取得事實證據的支持。……《西廂記》和《鶯鶯傳》互為互文本，《鶯鶯傳》做為《西廂記》的前文本，無疑為《西廂記》的解讀提供了參照；同時，《西廂記》的出現也豐富了人們對於《鶯鶯傳》的理解。讀者在對《西廂記》進行互文性解讀時，可以激活古今中外所有與《西廂記》有關的文本，而無需顧及它們之間有無事實上的影響關係。

順著「互文性」推衍，文本的意義不來自作者個人獨創的精思妙想，而是來自一個個文本無盡相連的網絡，作者不過是負責拼貼引用的傳聲筒。此外，從「泛文本」觀來說，文本的範圍可以擴張到任何足以開啟一詩一文之意的社會、歷史、文化……，所有人類的表意實踐都可視為「文本」，從而構成一個潛力無限的知識網絡，甚至「我見青山多嫵媚」，「大塊假我以文章」，天地山川也都是「文本」。

2. PISA閱讀評量對「文本」的限制

　　PISA閱讀評量使用「text」一詞，大致在語言學「文本」的基礎上。但基於測驗型態、測驗環境等考量，「文本」終究必須有考試實務上的約束。從下面引文可知，PISA閱讀評量限縮了「文本」範圍，將播音檔、電影、電視、動畫影片、沒有文字的圖片等排除在外：

> 「文本」一詞，意指包括它形於圖像所使用的全部語言：手寫、印刷或以螢幕呈現。基於此一定義，我們排除了純聽覺製品的錄音，以及電影、電視、動畫影像、沒有文字的圖片。文本包括了內含文字的視覺表現（例如照片說明），諸如圖示、圖片、地圖、表格、圖形和連環漫畫。這些視覺文本可以獨立存在，也可以嵌入較大的文本中。（OECD，PISA 2018 Assessment and Analytical Framework，頁29）

同時，「文本」也被單純的界定為「讀者在試題中所閱讀的素材」，而且素材必須有充分的理解語境：

> 在評量中，一個（或一組）與任務相關的素材，必須在自身內部保持一致。也就是說，文本必須獨立自足，讓熟諳閱讀技能的讀者，無須另用額外的素材來進行理解。（OECD，PISA 2015 Draft Reading Literacy Framework，頁14）

其實不僅「素材必須有充分的理解語境」，PISA閱讀評量是國際性的，文本如果沒有適當控制，例如，素材出現儒家，便會發生有些國家的考生從未接觸，但有些國家的考生又解讀太深入的情形。因此，選用素材時，必須注意不同國家的考生，會因不同文化背景而有不同的「前理解」，避免這類因素造成的理解落差。

值得一提的是，PISA 2018閱讀評量已正式進入電腦化適性評量。整個測驗會按每位考生在開始的「核心階段」試題作答狀況，繼續提供與考生能力相符的試題，藉以準確評核考生的閱讀能力落在哪個層級。這樣一來，不同考生所讀到的「文本」未必一樣，卻能「因材施考」，以較貼近考生閱讀能力的「文本」與題目，達到評核目的。

2-2 PISA閱讀評量的「文本」分類向度

1. 分類向度的演變

PISA閱讀評量目前按「樣式」（Format）、「類型」（Type）、「組織和導覽結構」（Organisational and Navigational Structure）、「來源」（Source）四個向度對文本進行分類，但在此之前，還有其他已經停用的分類向度。透過下表，可以看到分類向度的演變。

	PISA 2000	PISA 2009	PISA 2015	PISA 2018
樣式 （Format）	①連續（Continuous） ②非連續（Non-continuous） ③混合（Mixed）	①連續（Continuous） ②非連續（Non-continuous） ③混合（Mixed） ④多重（Multiple）	同2009	①連續（Continuous） ②非連續（Non-continuous） ③混合（Mixed）
類型 （Type）	①描述（Description） ②記敘（Narration） ③解說（Exposition） ④論證（Argumentation） ⑤指導（Instruction）	①描述（Description） ②記敘（Narration） ③解說（Exposition） ④論證（Argumentation） ⑤指導（Instruction） ⑥洽商（Transaction）	同2009	①描述（Description） ②記敘（Narration） ③解說（Exposition） ④論證（Argumentation） ⑤指導（Instruction） ⑥洽商（Transaction） ⑦互動（Interaction）
環境 （Environment）	無此分類	①撰者給定（Authored） ②訊息奠基（Message-based）	無此分類	無此分類
媒介 （Medium）	無此分類	①印刷（Print） ②電子（Electronic）	無此分類	無此分類
顯示空間 （Display Space）	無此分類	無此分類	①固定（Fixed） ②動態（Dynamic）	無此分類
組織與導覽結構 （Organisational and Navigational Structure）	無此分類	無此分類	無此分類	①靜態（Static） ②動態（Dynamic）
來源（Source）	無此分類	無此分類	無此分類	①單一（Single） ②多重（Multiple）

2. 樣式、類型、組織與導覽結構、來源

(1) 文本樣式（Text Format）

「文本樣式」的分類，自PISA 2000起就一直有「連續文本」（continuous texts）、「非連續文本」（non-continuous texts）、「混合文本」（mixed texts）三類；至PISA 2009，新增了「多重文本」（multiple texts）一類。但到PISA 2018，「多重」改列文本「來源」的一種（相對於「單一」），「文本樣式」仍維持三類。

「連續文本」就是《文心雕龍・章句》所說的：「夫人之立言，因字而生句，積句而為章，積章而成篇」。既然稱得上是「句」、「段」、「篇」，它們就絕對不是一群字雜亂無章、毫無意義的拼湊在一起，而是一個詞語銜接連貫、表達完整訊息的組織。

一篇散文、一則新聞報導、一封信等，都是常見的「連續文本」。「連續文本」可能會有序列標記（例如「一」、「二」、「三」），幫助讀者掌握組織結構，辨別章節和全篇之間的關係。此外，篇章中不同字體的運用、字形大小的變化、畫底線、加邊框等，也可以幫助讀者留意關鍵詞句，了解全篇內容。

「非連續文本」包含了：圖表、圖示、明細表、目錄、索引等，以及有文字的相片、圖畫、廣告等。它們有時僅單獨一個，但經常是好幾個組在一起相互對照。由於「非連續文本」的組織方式與「連續文本」不同，因此可能需要不同的閱讀方法。

「混合文本」是「連續文本」和「非連續文本」的合體。例如雜誌、報告書等，通常是「圖文並茂」。一篇好的「混合文本」，應該是圖、文搭配得宜，相輔相成。

(2) 文本類型（Text Types）

　　「文本類型」於ＰＩＳＡ　２０００先分爲五類：「描述」（Description）、「記敘」（Narration）、「解說」（Exposition）、「論證」（Argumentation）以及「指導」（Instruction）；至PISA 2009，新增「洽商」（Transaction）一類；至PISA 2018，又新增「互動」（Interaction）一類。但何謂「互動」文本，PISA 2018測驗綱領沒有解釋。

　　「描述」型的表達重點，比較偏向「是什麼」，例如產品手冊，會就事物的特性、功能或過程進行描述；或者旅遊手冊，會就特定地點加以描述。「描述」通常會輔以「非連續文本」，或者像目錄、地圖、航班時刻表等，本身就是「非連續文本」。

　　此處的「描述」和我們一般認知的「描寫」不一樣。夏丏尊、葉聖陶《文話》認爲「描寫」是「記敘」的細緻刻畫，使事物由簡略而詳密、由呆板而生動：

> 詳密的、生動的報告固然也是記敘，只因要與簡略的、呆板的報告有一點分別起見，所以特稱爲描寫。描寫只是記敘的精深一步的工夫。……描寫一語本來是從繪畫上來的。寫作的人把文字作爲彩色，使用著繪畫的手法，記敘他所選定的事物，使它逼真，使它傳神。這就是寫作上的描寫。……沒有經驗寫不來文章；僅有微少的經驗只能作簡略、呆板的記敘；必須有廣博的經驗才能作詳密、生動的描寫。

而PISA閱讀評量對「描述」和「記敘」的區別，我們可以大致這樣分：前者比較像「介紹」，後者比較像「講故事」。

「記敘」型的表達重點，比較偏向人物在何時、按什麼順序、為何做了那樣的事。小說、戲劇、傳記、新聞事件報導等屬於此類。

「解說」型的表達重點，比較偏向「如何」，用來呈現不同元素之間具有怎樣的關聯，又怎樣構成一個有意義的整體。例如學術論文、百科全書裡的條目、顯示氣候與人口演變趨勢的圖等。

「論證」型的表達重點，比較偏向「為什麼」，除了提出觀點，更具體說明觀點可以成立的理由。一般評論是把事物或觀點，放到思想體系或價值體系裡來討論；科學評論則是把事物或觀點，放到思想體系或知識體系裡來討論。

「指導」型的表達重點，比較偏向「怎麼操作」，是任務導向的，會列出具體的指令。例如藥方、食譜、急救程序圖等。

「Transaction」一詞，大多譯為「交易」，但何謂「交易」文本？頗令人費解。《PISA 2018 Assessment and Analytical Framework》（頁48）這麼說：

Transaction texts aim to achieve a specific purpose, such as requesting that something be done, organising a meeting or making a social engagement with a friend. Before the spread of electronic communication, the act of transaction was a significant component of some kinds of letters and the principal purpose of many phone calls. ……The term "transaction" is used in PISA not to describe the general process of extracting meaning from texts (as in reader-response theory), but the type of text written for the kinds of purposes described here. ……Examples of transaction-type text objects are everyday e-mail and text message exchanges between colleagues or friends that request and confirm arrangements. （譯：洽商文本具有特定的目的，例如要求對方完成某事，或組織會議，或與朋友進行社交活動。在電子通訊普及前，洽商是某些信件的重要部分，也是許多電話的主要目的。……PISA使用的「洽商」一詞，並非描述從文本中提取意義的一般過程（如讀者反應理論中所述），而是為了此處描述的各種目的所撰寫的文本類型。……洽商類型文本的例子，是同事或朋友間，用以確認安排之事的日常電子郵件和訊息交換。）

筆者認為選用「洽商」一詞，應該比「交易」明白顯豁，也較能看出它與「描述」、「記敘」、「解說」、「論證」、「指導」在表達功能上的差異。

⑶ 組織與導覽結構（Organisational and Navigational Structure）

　　由於PISA 2009閱讀評量的試題採紙本、電腦兩個途徑提供，文本因而也增設了「媒介」（Medium）分類向度：「印刷文本」（print texts）和「電子文本」（electronic texts）。但到了PISA 2015，閱讀試題全都透過電腦螢幕提供，也就沒有「媒介」問題，遂以「顯示

空間」（Display Space）取代「媒介」，分為「固定文本」（fixed texts）、「動態文本」（dynamic texts）兩類。例如在電腦上看的PDF檔，無論有幾頁，總是知道它哪裡開始哪裡結束，也已經按頁碼順序排好，就是一種「固定文本」。「動態文本」則是隨著按下「鏈結」（links）而展開的「超文本」（hypertext），在電腦頁面上，它不但沒有固定的閱讀順序，更可以透過不斷點擊，不斷連到其他頁面。「固定文本」的篇幅有始有終，「動態文本」的延伸無邊無際，《PISA 2015 Draft Reading Literacy Framework》（頁15）：

> 動態文本僅顯示於螢幕。動態文本是超文本的同義詞：這些文本具有導覽工具和特徵，可能或甚至需要以非線性方式閱讀。每個讀者都可以隨著鏈結所遇到的訊息來「訂做」文本。就本質來說，這類文本是不固定的，以動態方式存在。在動態文本中，一向只能看到可用文本的部分片段，而且不會預知可用文本的範圍。

到了PISA 2018閱讀評量，「顯示空間」向度又改為「組織與導覽結構」（Organisational and Navigational Structure）向度，分為「靜態文本」（static texts）、「動態文本」（dynamic texts）兩類。「靜態文本」通常只有一或數個線性排列的螢幕頁面，組織簡單，導覽工具的密度低；「動態文本」則具有非線性排列的螢幕頁面，組織複雜，導覽工具的密度高（PISA 2018測驗綱領特別提示：不是數量多）。數位文本所附帶的導覽工具，可讓讀者點選頁面，經由不同的鏈結，讀到不同的內容。操作數位文本的導覽工具是需要技能的，因此，能否善加運用導覽工具處理文本，已成為PISA閱讀評量的重要考察。

與數位文本相關的，尚有PISA 2009閱讀評量因初次以電腦螢幕供題，曾一度使用的「環境」（Environment）向度，分為「撰者給定」（Authored）、「訊息奠基」（Message-based）兩類。在「撰者給定」的環境中，讀者是被動的訊息接收者；在「訊息奠基」的環境中，讀者可以對訊息進行引用、增刪、修改，例如電子郵件、網路論壇、網路聊天室等。後來改以「固定／動態」、「靜態／動態」對文本進行分類，這個向度便停用了。

⑷ 來源（Source）

這是PISA 2018首次提出的分類向度，有「單一來源」和「多重來源」兩種。「多重來源」的文本，可能是作者不同，可能發表時間不同，也可能是篇名、書名不同。這樣的文本可以出現在同一頁面，例如報紙的論壇版、網站上的使用者心得分享。相反的，因為篇幅較長而跨頁，或同一篇章基於分節所需而使用好幾個標題，仍屬於「單一來源」文本。

2-3 群文閱讀是「非連續文本」嗎？

近幾年，對於什麼是「非連續文本」，中國大陸有人提出不同於PISA閱讀評量的看法。

「非連續性文本」一詞，於2011年進入中國大陸制定的《義務教育語文課程標準》。在第三學段（5～6年級）學習內容的「閱讀」第5項，提到「簡單的非連續性文本」：

閱讀敘事性作品，……閱讀詩歌，……閱讀說明性文章，能抓住要點，了解文章的基本說明方法。閱讀簡單的非連續性文本，能從圖文等組合材料中找出有價值的信息。

在第四學段（7～9年級）學習內容的「閱讀」第8項，則提到「較為複雜的非連續性文本」：

閱讀簡單的議論文，……閱讀新聞和說明性文章，……閱讀由多種材料組合、較為複雜的非連續性文本，能領會文本的意思，得出有意義的結論。

課程標準終究是抽象敘述，所以只能知道「簡單的非連續性文本」的材料是「圖文」，「較為複雜的非連續性文本」則有「多種」組合材料。至於「圖文」是「圖中有文字」或「圖表與文章」？「多種」是指形式或來源？應該有見仁見智的空間。

中國大陸2017年版的《普通高中語文課程標準》共分18個「學習任務群」，其中第（7）任務群「實用性閱讀與交流」占1學分，在三項「學習目標與內容」中，也提到了「比較複雜的非連續性文本」：

具體學習內容，可選擇社會交往類的，……也可選擇新聞傳媒類的，如新聞、通訊、調查、訪談、述評，主持、電視演講與討論，網絡新文體（包括比較複雜的非連續性文本）；還可選擇知識性讀物類的，如複雜的說明文、科普讀物、社會科學類通俗讀物等。

它的用詞與第四學段（7～9年級）沒什麼不同，此處應該是爲了表明：閱讀素材的選擇可以延續上一個學習階段。

如果參閱巢宗祺〈義務教育語文課程標準修訂概況（下）〉所述（撰者身兼國家基礎教育課程改革語文課標組組長），課程標準所謂的「非連續性文本」，應該是跟PISA閱讀評量的「non-continuous text」差不多：

> 所謂「非連續性文本」，是相對於以句子和段落組成的
> 「連續性文本」而言的閱讀材料，多以統計圖表、圖畫
> 等形式呈現。它的特點是直觀、簡明、概括性強，易於
> 比較，在現代社會被廣泛運用，與人們的日常生活和
> 工作須臾不離，其實用性特徵和實用功能十分明顯。
> （《課程・教材・教法》32卷4期，2012年4月，頁38）

但後來，有些研究者提出另一種看法，認爲「群文閱讀」也可以算是「非連續性文本」，因爲不同來源的純文字篇章，各有各的內容表述，彼此在意義上也「不連續」。張年東《非連續性文本及其閱讀和表達研究──基於PISA測試的視角》（西南大學碩士學位論文，2014年，頁16-18）對此有較清楚的論述，他主張「非連續」應包含「意脈」、「意流」的間斷，亦即在「內容」上的不連續：

> 這裡的「非連續」到底指的是什麼？是文本篇章在形式
> 上的非連續（不一致性）？還是文本篇章中意群（或說
> 是「意脈」、「意流」）的非連續？還是指整個圖文呈

現出來的意群的非連續性？也就是說，這裡的「非連續」指的是整個文本內容中的「意流」的非連續？還是指的文本外在呈現的形式上的非連續？

所謂形式上的「非連續」指的是在外在於意義所呈現出來的形式上的圖文混合體，即不是純粹的文字文本，也非純粹的圖表文本。從「非連續性文本」的本質追問來看，這裡所謂的「非連續」理解為一種文本「意流」的非連續可能更為科學。「意流」上的非連續指的是在文本閱讀時，文本的「意流」在文本內部暫時的斷裂，這種斷裂需要閱讀者突然從當前所閱讀的文本跳到另一塊意義區域（或另一種文本形式），以此來填補這種「意流」斷裂的缺口，在閱讀者的思維上的體現則是跳躍和頓悟，在視覺上不再是以逐字逐句的橫向掃描式閱讀，而是跳躍和資訊檢索式視覺感受。

介於以上對「非連續」和「文本」兩個概念的界定，我們可以把非連續性文本分為兩大類：一類是圖（圖表）文結合的方式呈現的非連續性文本，這裡所說的「圖」並非指的是「圖像」，而指的是更詳細、直觀、形象地說明文本資訊的一切的圖形、數位、圖畫、清單等。這種意義的外在表現形式我們一眼便可以看出，它由漢字、字母、數位以及各種線段、線條和框架模型組成，概而總之，它是由文字和表格組成的具有完整意義的文本整體。

另一類則是指為了更清楚地說明某一主題，而選自不同材料的純文字文本的資訊組合體（具體體例見附錄）。這些不同來源的文字文本可以是彼此關聯、彼此獨立的，甚至可以是彼此矛盾的，但它的主題或關鍵字是凝聚的，是收斂的。……以上的分類方法打破了PISA測試框架中的「混合文本」、「多重文本」的詳細分法，把「混合文本」和「多重文本」統歸為非連續性文本的範疇。

這種見解後來被普遍接受，把「內容的不連續」納入「非連續性文本」的定義，將「選自不同材料的純文字文本的資訊組合體」列入「非連續性文本」的其中一類，逐漸變成主流看法：

混合文本和多重文本是在非連續性文本和連續性文本基礎上衍生出來，有兩種或兩種以上的能指系統混合結構而成的。本論文將其定位為特殊的非連續性文本。（雍殷梅《非連續性文本特徵及其閱讀策略研究》，贛南師範學院碩士學位論文，2014年，頁3）

非連續性文本的外在表現，可以簡單的分為文本類和圖文類兩類，即純文字的資訊組合體和圖文結合的非連續性文本。（任二紅《語文非連續性文本閱讀訓練與評價研究》，南京師範大學碩士學位論文，2015年，頁17）

非連續性文本分為兩類：一類是以圖文結合的方式呈現，圖文互補，圖是對文本直觀、形象的補充，包括一

切圖畫、圖形、數字、視頻、列表等；另一類則是為了更清楚地說明某一主題，而選自不同材料的純文本信息組合。這些不同來源的文本可以彼此獨立，甚至可以相互矛盾，需要讀者對來自不同材料的文本進行綜合分析和整合，全面闡述自己的觀點。（張祖慶、戴一苗，《非連續性文本教學與測評》，杭州：浙江少年兒童出版社，2018年）

非連續性文本⋯⋯不同於傳統的以完整句子和段落為主要表現形式的連續性文本閱讀材料。除了形式上的不連續，還包括內容上的不連續。（樊嬌嬌《初中語文非連續性文本閱讀能力培養研究》，河南大學碩士學位論文，2020年，頁10）

究竟什麼是非連續性文本，早期更多研究是從外延闡釋非連續性文本的樣式，即借鑒PISA原文中的例證，⋯⋯是以表格、圖表、圖解文字等形式呈現的文本，⋯⋯然而，隨著與中學語文閱讀語境及測試的結合，越來越多的研究者提出，非連續性文本應是多元資訊（含文字、圖表、符號、圖畫等）組合而成，張年東、榮維東在〈從PISA測試看課標中的非連續性文本閱讀〉一文中，更是直接將由純文字構成的資訊組合文本納入非連續性文本之中，⋯⋯至此，非連續性不再僅指一類文本的特點屬性，更是指多重文本的組合方式。（張淑妮〈淺談非連續性文本之關聯〉，《考試周刊》2020年17期）

由此看來，中國大陸的「非連續性文本」，已經不限於PISA閱讀評量的「non-continuous text」。雖然「非連續性文本」一詞，在官方的《義務教育語文課程標準》、《普通高中語文課程標準》未給予定義，卻經由課程標準讀者的詮釋累積，建構出新的內涵。

只是筆者覺得，這個「非連續性文本」的新內涵，乃是單純從「非連續」的可能性加以擴充，所以才會強調「意脈」、「意流」的間斷也是「非連續」。但這樣的理解，其實已經脫離「非連續文本」乃相對於「連續文本」的脈絡，自成一個獨立的論述，所以張年東的論文才會認為「混合文本」根本可以取消，直接視為「非連續性文本」就好。然而，如果回到PISA閱讀評量「連續文本 VS.非連續文本」的分類架構，一旦把「群文閱讀」當成「非連續文本」，則這類「非連續文本」就是N個「連續文本」的總合，將會出現「連續文本＋連續文本＝非連續文本」的奇怪定義。因此，單純從「非連續」一詞的方方面面來設想什麼是「非連續性文本」，當然也可以，但我們若覺得「連續文本＋連續文本＝混合文本」會比「連續文本＋連續文本＝非連續文本」合理，則維持以PISA閱讀評量將「文本樣式」分為：①連續文本、②非連續文本、③混合文本，舊有「non-continuous text」的定義仍是可取的。

2-4 「非連續文本」的前身：「文件」

OECD於2000年啟動PISA。在此之前的1994年，OECD推出「國際成人素養調查」（International Adult Literacy Survey，IALS）時，「非連續文本」便已納入評量，只是把這類文本稱為「文件」（document）。IALS將評量內容分為三個領域：「散文素養」（Prose literacy）、「文件素養」（Document literacy）、「計量素養」（Quantitative literacy）。

2002年，OECD將IALS改為「成人素養與生活技能調查」（Adult Literacy and Life skills Survey，ALL），分為四個領域：「散文素養」（Prose literacy）、「文件素養」（Document literacy）、「算術」（Numeracy）、「問題解決」（Problem solving）。2011年起，ALL又發展為「國際成人素養評量計畫」（Programme for the International Assessment of Adult Competencies，PIAAC），分為三個領域：「讀寫素養」（Literacy and Reading Components）、「算術」（Numeracy）、「高科技環境中的問題解決」（Problem Solving in Technology-Rich Environments），其中「讀寫素養」就是將之前的「散文素養」、「文件素養」合而為一。

在OECD的觀念裡，「文件」就等同於「非連續文本」，《Literacy, Numeracy and Problem Solving in Technology-Rich Environments: Framework for the OECD survey of Adult Skills》（頁21、16）就說：

In the literacy frameworks of IALS, ALL and PISA, texts are classified as either continuous (prose) or non-continuous (document) texts.

The construct of "literacy" has been broadened in PIAAC compared to previous surveys. In particular, it does not distinguish "prose" literacy (the reading of "continuous" texts) from "document" literacy and includes the reading of digital texts as an essential component of reading proficiency in the 21st century.

PISA測驗綱領在說明「非連續文本」時，都會註明引用Irwin S. Kirsch 和Peter B. Mosenthal於1990年發表的論文：〈Exploring Document Literacy: Variables Underlying the Performance of Young Adults〉（Reading Research Quarterly, Vol. 25, No.1），請注意篇名，用的是「document」。在他們1988年合著的〈Understanding Document Literacy: Variables Underlying the Performance of Young Adults〉中，用了若干篇幅來談「文件」與人們的生活息息相關，列舉了「工作申請書」、「工作合約」、「員工福利總覽」、「銷售趨勢圖」、「協議書」、「建築許可」、「醫院住院表格」、「所得稅級距表」、「結婚證書」、「遺囑」等多項事例。這些「文件」，有些未必由「條列」組成。

聯合國教科文組織統計局（UNESCO Institute for Statistics，UIS）的「素養評量和監測計畫」（The Literacy Assessment and Monitoring Programme，LAMP），分為「散文」（Prose）、「文件」

（Document）、「算術」（Numeracy）三個領域，依據其所介紹的「散文」和「文件」，其實等同於「連續文本」和「非連續文本」，並明言「文件」的相關技能，包含使用「非連續文本」的能力，《The Next Generation of Literacy Statistics: Implementing the Literacy Assessment and Monitoring Programme》（頁29-30）：

> Typically, prose-related skills involve the ability to process texts formed by sentences organised into paragraphs. These texts are organised using paragraph setting, indentation and a hierarchy expressed by headings that help the reader recognise the organisation of the text.……Document-related skills involve the ability to use non-continuous texts organised in a way that allow the reader to employ different strategies to enter and extract information. （譯：通常，與「散文」相關的技能包含處理積句而成段之文本的能力。這些文本會使用段落設置、縮排，並用標題表示層次，以幫助讀者識別文本的組織。……與「文件」相關的技能包含使用「非連續文本」的能力，「非連續文本」的組織方式允許讀者使用不同的策略來輸入和提取信息。）

這份出版品同樣引述了Irwin S. Kirsch和Peter B. Mosenthal的著作——1998年發表的〈A new measure for assessing document complexity: The PMOSE/IKIRSCH document readability formula〉，他們認為「文件」可分為下表的四種類型。這些類型，看起來也適用於「非連續文本」。

行列型（matrix）	將資料以縱橫方式排列的二維表格。
圖示型（graphic）	如圓餅圖、柱狀圖、折線圖等，以直觀方式呈現資料分析結果。
標位型（locative）	指地圖類文本，直觀地顯示地點、方向、區域特徵。
輸入型（entry）	如申請表，須由讀者自行提供訊息的文本。

　　綜合上述，「文件」除了是「非連續文本」的前身，也可以就是「非連續文本」。事物的定義往往是相對而言，難以周密嚴實。「文件」是相對於「散文」來界定，「非連續文本」則相對於「連續文本」來界定，這兩套分類方式所採用的標準並不一樣，切分出來的結果自然不會一樣。

　　例如，有些「文件」縱然不是長篇大論，總有一小段、甚至不只一小段連貫的文字（像合約、遺囑等），若以「沒有積句成章的段落，只有零散句子」做為「非連續文本」的定義，則這樣的「文件」就不該算是「非連續文本」。但我們也可以因此進一步想想：「非連續文本」的特徵，是真的只在形式外表的「有句無段」？還是既然從「文件」發展而來，內在便仍應不脫洽商、記錄等實用功能，只不過沒明白講出來？我們甚至可以繼續追問：假如僅是形式上「有句無段」，內在卻是「文學」，這樣還算是「非連續文本」嗎？

　　我們來看看以下三個「文件」，是否同時也是「非連續文本」。第一個是107二技統測17題所用的壽宴柬帖（試題略，目的希望考生能看出「令慈」為誤用），它「有句無段」的情況算是明顯的，應可歸為「非連續文本」。

```
┌─────────────────────────────────────────────────┐
│                國曆六月二日                        │
│      2018年                    （星期六）為         │
│                農曆四月十九日                       │
│                                                   │
│    令慈七秩壽辰敬備桃觴　恭請                        │
│    台光                                            │
│                              陳○○　謹訂            │
└─────────────────────────────────────────────────┘
```

　　第二個是102指考10題所用的訃文（試題略，目的希望考生能於兩處□□內正確填入「先君」、「矜鑒」），篇幅雖然不長，但句子並不是零散的，而且可以相連成一個塊狀的文段，要說它是「非連續文本」，頗為牽強。

```
┌─────────────────────────────────────────────────┐
│  遺 澤 綿 延              無 盡 感 恩                │
│                                                   │
│      □□張公 諱 光明府君                            │
│  慟於民國一○○年六月五日壽終正寢                     │
│  已擇日完成奉安                                     │
│  並於八月十九日假懷恩堂舉行追思紀念會                 │
│  辱蒙　縣長與各級長官前輩至親好友親臨懷思             │
│  隆情厚誼　歿榮存感　節孝在身未克踵府叩謝             │
│  高誼雲情　謹申謝悃　伏祈                            │
│  □□                                              │
│                          大華                      │
│                  棘人          叩謝                 │
│                          大年                      │
│                                                   │
│  中 華 民 國 一 ○ ○ 年 八 月 二 十 日               │
└─────────────────────────────────────────────────┘
```

　　第三個是109四技統測補考24-26題所用的「補助學生社團公益服務活動作業要點」（試題略），雖然全文被分割為多個項次、條目，

但正如前文所說，有「一」、「二」、「三」、（一）、（二）、（三）……序列標記來幫助讀者掌握組織結構，辨別章節和全篇之間的關係，反而是「連續文本」常用的呈現方式，所以，它毫無疑問的是一個「連續文本」。

○○學校「補助學生社團公益服務活動作業要點」

一、補助範圍：有關本校學生社團參與社區服務、返鄉服務、各類志工服務等申請案。

二、申請資格：

（一）限本校學生社團，每社團以一年兩案為限。社團以共同方式提出申請者，參與之社團各以一案登錄。

（二）申請社團未獲校外單位補助者，得依本要點申請補助。

三、申請及審查作業：

（一）每年受理兩次申請：

1.第一次於10月底前受理次年1月1日至6月30日舉辦之活動。

2.第二次於5月底前受理當年7月1日至12月31日舉辦之活動。

（二）提出申請時，請填具補助申請表，並檢附活動企畫書。未依前項規定期限提出申請者，學務處得不予受理；屬情況特殊或急迫者，應敘明原因於活動前提出申請，得另召開臨時審查會議決議之。

（三）申請案由審查小組進行審查。審查小組成員由學務長、學生活動組組長、生活輔導組組長及學務處延聘之四名教師委員、兩名學生委員組成之。

（四）補助項目：赴雙北市以外地區服務者，得補助往返高鐵（臺鐵）票、保險，若未獲高鐵票補助，得補貼零用金。於雙北市服務者，以保險及零用金為限。

（五）獲經費補助者，應於活動結束後一個月內，檢附成果報告供研發處留存，若未如期繳交成果報告，取消活動日起算一年內補助案之申請。

「文件」和「非連續文本」都是基於測驗需要所提出的文本樣式。創造這樣的分類標籤，可以引導試題編製，可以進行評量結果的解釋，但絕不是爲了打造萬無一失的分類架構，也不是所有文本都可以按這套架構來歸類。

2-5 古代有「非連續文本」嗎？

　　「非連續文本」並不是當代的產物。古人早就懂得運用條列、圖表，幫助讀者理解或檢索，Daniel Rosenberg和Anthony Grafton合著的《時間圖譜：歷史年表的歷史》，追溯了西方年表的起源：

> 　　存世最古老的希臘大事年表，列有歷任統治者、重大事件與主要發明，於西元前264年到前263年鐫刻於大理石石板上。羅馬人最精緻複雜的同類出品，是一套執政官任職與戰事大捷的記錄清單，在奧古斯都大帝執政期間製作完成，然後就立於羅馬城的議事廣場上。……4世紀期間，尤西比烏斯已經醞釀出了一個巧妙細緻的列表結構來組織和協調那些年代紀，而這些年表是從全球各地的史料資源中輯錄而得。爲了清晰地呈現猶太教、異教信仰與基督教歷史之間的關係，尤西比烏斯以平行豎列的形式來佈局它們的編年史，……《編年史》的平行豎列，還有那明晰的、逐年列出、十年十年對照列出的大事記順序，共同反映了早期基督教學者的一個願望，就

是將《聖經》以及對於理解《聖經》至關緊要的那些資
源，全都爭取讓人們能夠接觸到，能夠伸手可得，即刻
便可拿來查找參照。（楊凌峰譯，北京聯合出版公司，
2020年，頁19-20）

古代中國也有許多「非連續文本」，以下我們管窺幾種，但照隅隙。
其中(1)屬於單純的「非連續文本」，(2)是極特殊的「非連續文本」，
(3)～(8)的「非連續文本」則會與「連續文本」搭配，甚或本身就可能
歸爲「非連續文本＋連續文本」的「混合文本」。

(1)《韻鏡》

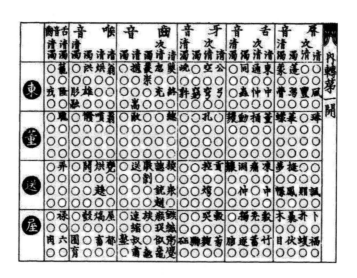

《韻鏡》是目前傳世的韻圖中，時代最早者之一。上端橫軸是
聲母，左邊縱軸是韻目，讀者透過一橫一縱所得到的交會點，可用反
切的方式發出字音。交會點有字的，即爲該字的字音，例如「舌音‧

次清」與「東‧一等（第一列）」的交會點得「通」字；交會點畫○
的，是理論上有這樣的音，但實際上沒有字是這樣的音。

⑵ 黃鎮成《尚書通考》〈無逸圖〉

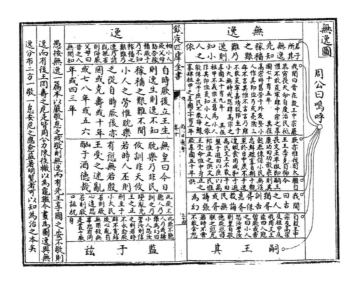

唐玄宗時，宋璟「嘗手寫《尚書‧無逸》一篇，為圖以獻。玄宗
置之內殿，出入觀省，咸記在心，每嘆古人至言，後代莫及」（《舊
唐書‧崔植傳》）。宋璟原作已佚，但後代相繼有作，元代黃鎮成
《尚書通考》卷十的〈無逸圖〉就是其中之一。

〈無逸圖〉不是把《尚書‧無逸》裡周公說話的情景畫成圖像，
而是把《尚書‧無逸》裡周公說的話「抄成表格」。《尚書‧無逸》
共有七段「周公曰：嗚呼！……」，從上圖可知，表格劃分為「無
逸」和「逸」兩半，然後將各段扣除「周公曰：嗚呼！」的內容，分
抄在「無逸」和「逸」之下。例如第一段：

周公曰：「嗚呼！君子所，其無逸。先知稼穡之艱難，乃逸，則知小人之依。相小人，厥父母勤勞稼穡，厥子乃不知稼穡之艱難，乃逸乃諺。既誕，否則侮厥父母曰：『昔之人無聞知。』」

在表格中，便是「無逸」之下的格子抄錄前半：「君子所，……則知小人之依」，「逸」之下的格子抄錄後半：「相小人，厥父母勤勞稼穡，……昔之人無聞知」。

這樣的〈無逸圖〉確實是一個表格，但由於只是把每段周公的話以左右兩格分抄，不僅幾乎每格裡面都是「連續文本」，每一列的左右兩格合起來，周公的話也是完整的。那麼，要不要因為它是表格、也有「條列」型態而視為「非連續文本」，可能就見仁見智了。

(3) 班固《漢書‧百官公卿表》

《漢書・百官公卿表》分上、下兩部分。在《漢書・百官公卿表上》，先以「連續文本」略述重要職官的沿革，例如「相國、丞相、大司徒」是相同職務在不同時期的稱呼：

> 相國、丞相，皆秦官，金印紫綬，掌丞天子助理萬機。
> 秦有左右，高帝即位，置一丞相，十一年更名相國，綠
> 綬。孝惠、高后置左右丞相，文帝二年復置一丞相。有
> 兩長史，秩千石。哀帝元壽二年更名大司徒。武帝元狩
> 五年初置司直，秩比二千石，掌佐丞相舉不法。

在《漢書・百官公卿表下》，便改用「非連續文本」的表格，依照橫軸（年分）逐年呈現任職者，縱軸首先是相國（丞相、大司徒），其次是太尉（大司馬），再次是御史大夫（大司空）……。所以，綜合上、下兩部分的整個《漢書・百官公卿表》，可以說是「混合文本」。

⑷ 班固《漢書・藝文志》

《漢書・藝文志》於記載各類著述時，會先列出屬於「非連續文本」的目錄，再以「連續文本」綜合說明。例如下圖是關於《論語》的記載，先條列十二種《論語》相關著作的書名、卷數，「凡《論語》十二家，二百二十九篇」，其後再以百餘字，簡述《論語》的成書與流傳。

連續文本　　　非連續文本

皆名家張氏最後而行於世

大夫貢禹尚書令五鹿充宗膠東庸生唯王陽名家

故謂之王陽名古

傳魯論語者常山都尉龔奮長信少府夏侯勝丞相韋賢魯扶卿前將軍蕭望之安昌侯張禹

說傳齊論者昌邑中尉王吉少府宋畸御史師古曰畸音居宜反漢與有齊之

輯而論篹故謂之論語

夫子之語也當時弟子各有所記夫子既卒門人相與言而接聞於

論語者孔子應答弟子時人及弟子相與言而接聞於

凡論語十二家二百二十九篇

孔子徒人圖法二卷

孔子三朝七篇師古曰今大戴禮有其一篇蓋孔子對哀公語也三朝見公故曰三朝

孔子家語二十七卷師古曰非今有家語

議奏十八篇論石渠

燕傳說三卷

魯王駿說二十篇王吉子

魯安昌侯說二十一篇師古曰張禹也

魯夏侯說二十一篇論語解釋

齊說二十九篇論語意者

魯二十篇傳十九篇

齊二十二篇多問王知道如淳曰多師古曰篇名也

論語古二十一篇篇名曰從政出孔子壁中兩于張如淳曰分堯曰何如可以從政已下為

⑸ 宋應星《天工開物》

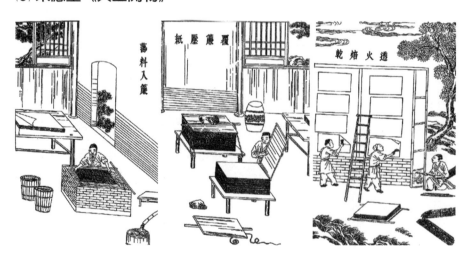

為了更清楚的呈現技術製作流程，宋應星《天工開物》採用圖、文結合互證的敘寫方式。例如上圖來自《天工開物‧殺青》，作者先提供「造竹紙」時「蕩料入簾→覆簾壓紙→透火焙乾」的成篇敘述：

> 凡抄紙簾，用刮磨絕細竹絲編成。展卷張開時，下有縱橫架框，兩手持簾入水，蕩起竹麻，入於簾內。厚薄由人手法，輕蕩則薄，重蕩則厚。竹料浮簾之頃，水從四際淋下槽內，然後覆簾落紙於板上，疊積千萬張。數滿，則上以板壓。俏繩入棍，如榨酒法，使水氣淨盡流乾，然後以輕細銅鑷，逐張揭起焙乾。

> 凡焙紙，先以土磚砌成夾巷，下以磚蓋，巷地面數塊以往，即空一磚。火薪從頭穴燒發，火氣從磚隙透巷，外磚盡熱，濕紙逐張貼上焙乾，揭起成帙。

再搭配上面標註是「蕩料入簾」、「覆簾壓紙」、「透火焙乾」的圖，讓讀者想見這些步驟的操作樣貌大致如何？「以土磚砌成夾巷」、「火氣從磚隙透巷，外磚盡熱，濕紙逐張貼上焙乾」又是怎樣的設備？類似今日常見的圖解。

　　這三幅圖都註明標題，可算是「非連續文本」，與「連續文本」的三步驟說明相結合，便是「混合文本」。

⑹ 鄧玉函《遠西奇器圖說錄最》

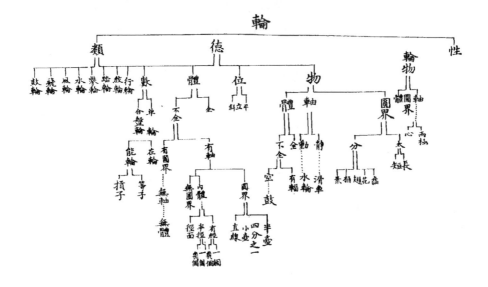

　　上圖是鄧玉函《遠西奇器圖說錄最》卷二「輪圖」，是對「輪」進行分析的樹狀圖。此書比《天工開物》早十年出版，也採圖文互證的寫法。鄧玉函是德國耶穌會的傳教士，明萬曆47年（1619）抵達澳門，同行的傳教士還有湯若望、羅雅谷等。1621年到杭州，1623年到北京。1629年，經徐光啓推薦，任職於曆局，1630年病逝。《遠西奇器圖說錄最》出版於明思宗天啓7年（1627），是中國第一部介紹歐洲機械與力學的專門著作，由鄧玉函口譯，王徵撰錄繪圖。王徵是天啓二年進士，曾經信佛、修道，後來改信天主教，與徐光啓、李之藻、楊廷筠並稱「中國天主教四賢」，但在1644年李自成攻下陝西涇陽時，不願出仕而自盡。

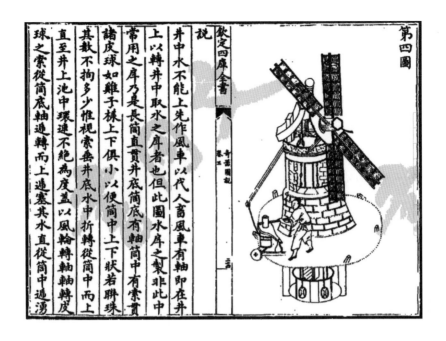

上圖是第三卷的「取水」第四圖，分爲「圖」與「說」兩部分。
「說」交代了這項取水機械的重要零件、操作方式：

> 井中水不能上，先作風車以代人畜。風車有軸，即在井
> 上以轉井中取水之戽者也。但此圖水戽之製，非此中常
> 用之戽，乃是長筒直貫井底，筒底有軸，筒中有索，貫
> 諸皮球如雞子樣，上下俱小，以便筒中上下，狀若聯
> 珠，其數不拘多少，惟視索垂井底水中，折轉從筒中而
> 上，直至井上池中，環連不絕爲度。蓋以風輪轉軸，軸
> 轉皮球之索，從筒底軸遞轉而上，遞塞其水，直從筒中
> 遞湧而上，而後吐之井上池中也。其作球、作筒之法，
> 詳如圖旁散形。風車之製多端，詳後轉磨諸圖中。

依據後人的研究，《遠西奇器圖說錄最》第三卷多採自義大利人拉梅里（Agostino Ramelli，1531～1600）的《論各種工藝機械》（"Le Diverse e Artificiose del Capotano"，英譯本是"The Various and Ingenious Machines of Agostino Ramelli"），這本書出版於1588年，是鄧玉函攜到中國的許多書籍之一，王徵在書中曾以「剌墨裡」提及這位作者。張柏春〈《奇器圖說》和《歐洲天文學》中的歐洲農業機械〉

（《農業考古》2000年1期）認為，王徵大致上是抄繪該書原圖，只是把人物改成中國人的樣子。「取水」第四圖所畫的荷蘭塔式風車驅動水車，在技術細節的描繪上，與上圖拉梅里原作仍有落差。

⑺ 陳椿《熬波圖》

　　《熬波圖》的作者陳椿，是元代下砂鹽場的監司。下砂鹽場在今天的上海浦東，唐代就開始煮海煎鹽，是元代東南沿海34個大鹽場之一。《熬波圖》透過47幅圖，完整呈現古代的海鹽製作過程。宋代姚寬《西溪叢語》：「蓋自岱山及二天富，皆取海水煉鹽，所謂『熬波』也。」

　　《熬波圖》的每一幅圖，都有該圖所繪技術步驟的說明，跟《遠西奇器圖說錄最》、《天工開物》差不多，但特別的是，最後會再附一首作者的詩。例如上圖是第42圖「上滷煎鹽」，可以看見滷水從竹管流入鐵盤，鹽丁們圍著鐵盤煎鹽的情景，這幅圖的技術說明是：

桳面裝泥已完，滷丁輪定桳次上滷。用上竹管相接於池邊缸頭，內將浣料舀滷，自竹管內流放上桳。滷池稍遠者，愈添竹管引之。桳縫設或滲漏，用牛糞和石灰掩捺即止。

技術說明之後有詩云：

竹筧瀉滷初上盤，今日起火齊著團。日煎月煉不得閒，卻愁火急桳易乾。炎炎火窖去地三尺許，海波頃刻熬出素。烹煎不顧寒與暑，半是竈丁流汗雨。

由此可見，作者不希望只是客觀的為「上滷煎鹽」做方法解說，還要添一筆抒發感懷，替鹽丁們訴說付出勞力的辛苦。

⑻ 焦秉貞《康熙御製耕織圖》

《耕織圖》最早見於宋代，係南宋紹興初年于潛縣令樓璹所繪，包含「耕圖」21幅、「織圖」24幅，每幅配五言詩一首。康熙35年，焦秉貞仿樓璹繪《御製耕織圖》，包含「耕圖」、「織圖」各23幅，每圖有康熙御製七言詩一首。

下圖為「耕圖」中的〈浸種〉。畫的上方，是康熙皇帝的七言詩：「暄和節候肇農功，自此勤勞處處同。早辨東田稑穜種，褰裳涉水浸筠籠。」畫中的左上角，是樓璹原來的五言詩：「溪頭夜雨足，門外春水生。筠籃浸淺碧，嘉穀抽新萌。西疇將有事，耒耜隨晨興。隻雞祭句芒，再拜祈秋成。」

與《熬波圖》、《遠西奇器圖說錄最》、《天工開物》最大的不同在於：圖上的文字完全沒談「浸種」怎麼操作，樓璹和康熙皇帝的詩都是大致敘寫「浸種」的情景，並抒發感懷。

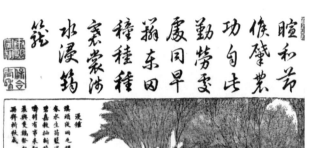

⑼《點石齋畫報》

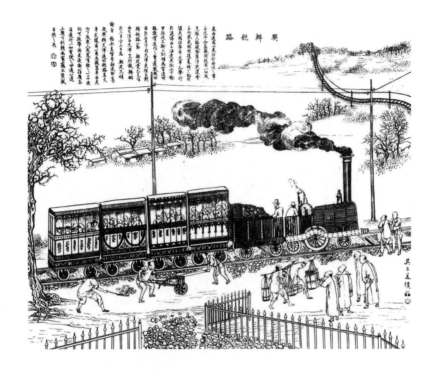

上海《點石齋畫報》創刊於光緒10年（1884）5月8日，1898年8月停刊。它一個月出刊三期，每期8頁，16開本，採取「圖畫為主，文字為輔」的方式來報導新聞，讓新聞變得通俗易懂，十四年間共發表四千多幅畫作，是晚清畫報的代表。

上圖是署名吳子美所畫的「興辦鐵路」，除了一列正在行駛的火車，還可見到路邊架起的電線。從圖中的文字來看，作者並不反對興築鐵路，甚至寄予厚望：

泰西通商以來，仿行西法之事，至近年而益盛，將從前一切成見，雖未能破除盡淨，然運會至而風氣開，非復曩時之拘於虛矣。同治季年，火車已肇行於滬埠，由上海達吳淞三十餘里，往通不逾二刻。惜為當道所格，議價造作之費，劇毀成功。茲於五月下旬，天津來信云創辦鐵路一節，朝廷業已允准，由大沽至天津先行試辦，嗣於六月二十三日，悉朝廷又頒諭旨，飭令直督李相，速即籌款興辦天津通州鐵路。其火車式樣，前一乘為機器車，由是而下，或乘人或裝貨，極之一二十乘，均可拖帶，將來逐漸推廣，各省通行，一如電線之四通八達，上與下利賴無窮，竊不禁拭目俟之矣。

文中「同治季年，……由上海達吳淞三十餘里，……劇毀成功」，指的是同治13年開始興建、光緒2年（1876）6月通車、但在1877年10月停止營運並遭拆除的淞滬鐵路。這條鐵路原本就紛爭不斷，1876年8月，火車不幸碾死一人（有人猜測是清廷故意找人送死以利談判），中、英雙方經過協商，議定於英商營運一年後，由清廷以28萬5千兩買回。但中國在收回鐵路後，南洋大臣沈葆楨卻下令拆除鐵軌，準備運往臺灣，修築臺灣鐵路。

這一整段敘述，顯然是「連續文本」，所以就跟《御製耕織圖》的每幅圖中有整首詩一樣，很難說它們僅僅是「非連續文本」。

前文已經強調，PISA閱讀評量把「文本樣式」分為「連續文本／非連續文本／混合文本」三類，只是基於測驗編製與結果解釋上的需要，並非要打造放諸四海皆準的分類架構，因而當我們透過這個分類

架構來觀察所接觸的文本，自然會發現許多「不合定義」的文本。無論何種分類都有侷限，所以我們常看到一種說法：「賦，非詩非文，亦詩亦文」，其實賦就是賦，難以在「詩／文」二分的架構下歸類。

另外值得一提的是，我們可以在清代古典小說《鏡花緣》中，找到一段閱讀「非連續文本」的描述。《鏡花緣》第31回〈談字母妙語指迷團，看花燈戲言猜啞謎〉：

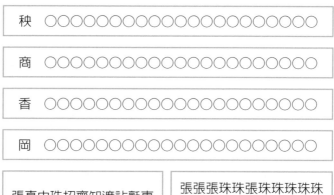

唐敖在船無事，又同多、林二人觀看字母，揣摩多時。……林之洋將婉如喚出，蘭音也隨出來，唐敖把這緣故說了，婉如也把「張真中珠」讀了兩遍，拿著那張字母同蘭音看了多時。蘭音猛然說道：「寄父請看上面第六行『商』字，若照『張真中珠』一例讀去，豈非『商申椿書』麼？」唐、多二人聽了，茫然不解。林之洋點頭道：「這句『商申椿書』，俺細聽去，狠有意味。甥女為甚道恁四字？莫非曾見韻書麼？」蘭音

道：「甥女何嘗見過韻書。想是連日聽舅舅時常讀他，把耳聽滑了，不因不由說出這四字。其實甥女也不知此句從何而來。」多九公道：「請教小姐：若照『張真中珠』，那個『香』字怎樣讀？」蘭音正要回答。林之洋道：「據俺看來：是『香欣胸虛』。」蘭音道：「舅舅說的是。」……林之洋道：「妹夫果真領會？俺考你一考：若照『張真中珠』，『岡』字怎讀？」唐敖道：「自然是『岡根公孤』了。」林之洋道：「『秧』字呢？」婉如接著道：「『秧因雍淤』。」……婉如問道：「請問姑夫：若照『張真中珠』，不知『方』字怎樣讀？」唐敖道：「若論『方』字……」話未說完，多九公接著道：「自然是『方分風夫』了。」

原書的字母表頗長，上文僅截取其中五列。《鏡花緣》這段情節，詳細描述了這群小說人物解讀字母表的經驗，在古代小說中相當罕見。原先，林之洋等人都不知道這張表裡的字和圓圈是何意義，唯一想到的是透過熟讀法──把「張真中珠招齋知遮詀氈專」十一字「高聲朗誦，如念咒一般」，看看能否悟出什麼，後來因為蘭音發現：如果將表格裡「張真中珠」的聲母換下，加上「商」的聲母，便可讀出「商申椿書」，使林之洋、唐敖、婉如、多九公也開始懂得如何運用這張字母表，陸續讀出「香欣胸虛」、「岡根公孤」、「秧因雍淤」、「方分風夫」。

2-6 「非連續文本」一定不是文學嗎？

前文提過，「散文 vs. 文件」和「連續文本 vs. 非連續文本」的分類立足點並不一樣。如果「非連續文本」與「連續文本」的區別在於：「連續文本」是「積句而爲章，積章而成篇」，而「非連續文本」不是，那麼，這只是一個純就文本表面構造所做的區別，「非連續文本」便可能是文學。例如：

嘉玲 嘉玲 嘉玲 嘉玲 嘉玲 嘉玲 嘉玲 嘉玲 嘉玲 嘉玲 嘉玲 嘉玲
嘉玲 嘉玲 嘉玲 嘉玲 嘉玲 嘉玲 嘉玲 嘉玲 嘉玲 嘉玲 嘉玲 嘉玲
嘉玲 嘉玲 嘉玲 嘉玲 嘉玲 嘉玲 嘉玲 嘉玲 嘉玲 嘉玲 嘉玲 嘉玲
嘉玲 嘉玲 嘉玲 嘉玲 嘉玲 嘉玲 嘉玲 嘉玲 嘉玲 嘉玲 嘉玲 嘉玲
嘉玲 嘉玲 嘉玲 嘉玲 嘉玲 嘉玲 嘉玲 嘉玲 嘉玲 嘉玲 嘉玲 嘉玲
嘉玲 嘉玲 嘉玲 嘉玲 嘉玲 嘉玲 嘉玲 嘉玲 嘉玲 嘉玲 嘉玲 嘉玲
嘉玲

2020年，全球受困於新冠肺炎疫情，臺灣在6月23日原本已連73天無本土病例，但當天傍晚，中央流行疫情指揮中心加開臨時記者會，宣布一名自臺返日的女學生於入境時確診。這首〈防疫君子讀詩經關雎〉從「窈窕淑女，君子好逑」發想，以「嘉玲」諧音「加零」，排列73個，便可算是「非連續文本」的文學。

古典詩有「非連續文本」形式的嗎？有。

收錄於桑世昌《回文類聚》卷三的蘇軾〈晚眺〉，題下註記「神

智體」，據說是因爲蘇軾看到遼國使者以能詩自豪，便想故意滅他威風，宣稱「寫詩其實簡單，讀詩可不容易」而創作此詩。整首詩才12個字，乍看12字各自獨立，彼此間沒有意義上的連貫，但當每句的三個字，依字形變化狀況讀成「二、二、三」時（例如首句：「亭」因字形拉長而讀成「長亭」，「景」因字形縮短而讀成「短景」，「畫」因字形缺「人」而讀成「無人畫」），這原本不連續的12個字，就變成一首七言絕句，從「非連續文本」變成「連續文本」。

非連續文本	連續文本
	長亭短景無人畫， 老大橫拖瘦竹節。 回首斷雲斜日暮， 曲江倒蘸側山峰。

又晚明小說《醒世恆言》中的〈蘇小妹三難新郎〉，蘇軾曾有一首連環詩，是14個字排成環狀時爲「非連續文本」，但以「後句疊用部分前句」的方式讀時，14字就開展成28字，變成「連續文本」的七言絕句。

非連續文本	連續文本
	賞花歸去馬如飛， 去馬如飛酒力微。 酒力微醒時已暮， 醒時已暮賞花歸。

　　又下方排成矩陣的49字，表面上看是「非連續文本」，但從中心的「牛」字開始，按順時鐘方向朝外繞圈（如箭號所示）。讀取第一句「牛郎織女會佳期」後，由第一句末尾的「期」字取半邊，得「月」，以之爲第二句首字，然後讀取第二句「月下彈琴又賦詩」。依此類推，逐步讀出整首七言八句詩，同樣能讀成「連續文本」。

機	時	得	到	桃	源	洞
忘	鐘	鼓	響	停	始	彼
盡	聞	會	佳	期	覺	仙
作	惟	女	牛	下	星	人
而	靜	織	郎	彈	斗	下
機	詩	賦	又	琴	移	象
觀	道	歸	冠	黃	少	棋

牛郎織女會佳期，
月下彈琴又賦詩。
寺靜惟聞鐘鼓響，
音停始覺星斗移。
多少黃冠歸道觀，
見機而作盡忘機。
幾時得到桃源洞，
同彼仙人下象棋。

「非連續文本」有沒有可能是文學？這樣的疑問會來自PISA閱讀評量對「文本」的分類，但不會來自「美國國家教育進展評量」（The National Assessment of Educational Progress，簡稱NAEP）中閱讀評量對「文本」的分類。那是因為，NAEP閱讀評量先把「文本」分成兩大類：「文學文本」（Literary Texts）、「訊息文本」（Informational Texts），然後於「訊息文本」下再分成三類：「解說」（Exposition）、「論證與說服文本」（Argumentation and persuasive text）、「程序文本與文件」（Procedural text and documents）。前文曾經提過，OECD推出的一系列成人素養評量IALS、ALL、PIAAC，都視「文件」即「非連續文本」。同樣的，NAEP閱讀評量在說明何謂「文件」時，舉出的也是「指示」（Directions）、「地圖」（Map）、「時間軸」（Timeline）、「圖解」（Graph）、「行列表」（Table）、「圖表」（Chart）、「配方」（Recipe）、「時程表」（Schedule）等，但因為「文件」已被歸在「訊息文本」之下，自然就不會發生「文件」是不是文學的問題。

　　在中國大陸的《普通高中語文課程標準》中，也不會引發這樣的疑問，因為如前文所述，「非連續性文本」是放在18個「學習任務群」中的「實用性閱讀與交流」，而「實用性閱讀」與「文學閱讀」分屬不同的任務群。所以，採取什麼分類架構、「非連續文本」被放在其中的哪個位置，會影響我們對「非連續文本」的認知。

　　表面形式是「非連續文本」、卻具有文學性質的，可以在泯除文類界線的後現代文學中找到。後現代文學並非只透過不同文學類別的撞擊來追求創新，更會刻意選用「不文學」的類型跨界演出。例如林群盛的詩：〈「地球進化概論」目錄〉，有著「目錄」的外形，各行

依序是：「序論」、「第一章　原生物」、「第二章　綠藻」、「第三章　三葉虫」、「第四章　恐龍」、「第五章　哺乳動物」，看來都很「正常」，但接下來的第六、七章就有玄機了：

　　緊接在第五章「哺乳動物」後的是第六章「人類」，但第七章卻是「機器」，很明顯是個諷諭：機器將取代人類主宰地球。再仔細看一下頁碼，「哺乳動物」章還有20頁，「人類」章竟然只占短短1頁，這是不是也正警示：人類的末日其實近在眼前？

　　此類現代詩最不可能忽略的名家之作，就是陳黎的圖象詩。在「陳黎圖象詩選」的網站http://faculty.ndhu.edu.tw/~chenli/visualpoems.htm上，令人驚豔的詩作目不暇給。例如1994年〈新康德學派的誕生〉、1995年〈為宇宙家庭之旅的海報〉、1995年〈戰爭交響曲〉等，皆素負盛名。1998年的〈小城〉，將遠東百貨公司、惠比須餅鋪、真耶穌教會、人人動物醫院、郵局、大元葬儀社……21個詞組排成一列，各詞組間全無連貫，卻宛如一條街道上招牌綿延，喚起讀者記憶中的「小城」視覺經驗。1993年〈為懷舊的虛無主義者而設的販賣機〉，整首詩看起來就像是販賣機的選擇按鍵（詩共十三行，略舉前五行），很明顯是「非連續文本」：

請選擇按鍵

母奶	●冷	●熱	
浮雲	●大包	●中包	●小包
棉花糖	●即溶型	●持久型	●纏綿型
白日夢	●罐裝	●瓶裝	●鋁箔裝

2001年〈孤獨昆蟲學家的早餐桌巾〉透過文字的堆疊、缺空，來引發讀者的聯想，手法與〈戰爭交響曲〉、〈消防隊長夢中的埃及風景照〉、〈連載小說：黃巢殺人八百萬〉、〈國家〉等相似。這一堆「虫」部的字排成一個宛如桌巾的長方塊（詩共二十二行，略舉後五行），一反傳統的「積句而成章」：

蟜蟍螫蟟蟠蝸蟷蟻蝼蟥蟢蟒蟨蟪蟬蟬

蟦蟯蟳蟄蟌蟷蟹蟺　蟻蟞蟾蟪蟼蟼蝶蠃

蠅蛋蟹蠉蠊蠋蟑蠍蠐蠑蠔蠕蠖蠗蠘

蟻蠜蟲蟲　蟲蟲蟲蠣蟲蟲　蠟蠟蠟蟲

蠢蠅蠟蠤蠰蟲蠨蠦蠧蠨蠩蠪蠫蠬蠭蠲蠱蠶

面對三百多個「虫」部字，我們一方面可以想像：這位昆蟲學家多麼專注（即使是早餐，目見心思的全是昆蟲）、多麼有成就（標本蒐集繁多，整理得井井有條），一方面則可以從桌巾的缺空，揣想題目「孤獨昆蟲學家」的「孤獨」從何而來：可能來自登峰造極（只剩零星幾種昆蟲還沒找到，有一種人間沒有對手的寂寞），也可能來自不想回憶的過去（缺空處的昆蟲並非尚未找到，只是基於某些緣故寧可忘記，是一生無法填補的破洞）。

「非連續文本」是如何竄紅的？

1. PISA閱讀評量帶來「非連續文本」這個新名詞

「非連續文本」是臺灣參加PISA的閱讀評量後，大家才學到的一個新詞。

臺灣於2006年第一次參加PISA，八年級學生的閱讀素養，在參與的57個國家中排名第16，落後韓國、香港。PISA 2009，臺灣八年級學生的閱讀素養在68個參與國家中排名23，但在兩岸三地敬陪末座——遠落後第1名的上海及第4名的香港，這使臺灣的學校教育、考題型態能否培養閱讀能力，更加受到關切。例如2010年12月出刊的《親子天下》19期，便特別企畫「為何少年不閱讀——走錯方向的國中教育」，有陳雅慧〈誰把臺灣少年考笨了〉、賓靜蓀〈PISA啟示錄：走錯方向的語文教育〉等數篇報導，明確指出：

> 翻開PISA的測驗試題，任何一位關心教育的讀者，都可
> 以立刻辨識出國際評比閱讀素養，與臺灣國中生閱讀與
> 語文教育的目標有極大落差。

PISA 2012，臺灣的閱讀素養上升到第8名；PISA 2015，又回到第23名；PISA 2018，臺灣的閱讀素養在79個參與國家中排名17（中國1，新加坡2，澳門3，香港4，韓國5，日本15），研究報告特別強調：分數已經來到「平均數顯著高於OECD平均的國家群」。

如果排名第幾、平均幾分都那麼在意,閱讀素養評量中有「非連續文本」卻視而不見,豈不坐實了「語文教育走錯方向」的批評?

　　之後,有教育學門的專家建議,國中基測可把「非連續文本」的量再提高些,盧雪梅〈國中基測國文科閱讀文本暨學生表現分析〉在結論的第一項建議就是:

> 基測國文科題組可增加非連貫文本材料。基測國文科組
> 卷包括單題和題組兩部分,題組形式是比較適合測閱讀
> 能力,……雖然單題也曾出現過非連貫文本的材料,較
> 常見的是應用文類的如請束、喜帖、信封格式,近年可
> 能受PISA的影響,出現了表格的題材,……由於非連
> 貫文本屬於資訊性閱讀,此種閱讀不只與生活較貼近,
> 也是其他學習領域的重要能力。(《教育研究與發展期
> 刊》7卷2期,2011年6月,頁143)

國語文學科的學者與教師們,也開始提倡「非連續文本」應該在國語文教學中占點位置,孫劍秋、林孟君〈談 PISA 閱讀素養評量對十二年國教閱讀教學的意涵〉於「閱讀教學的建議」裡說:

> 閱讀文本選擇多元化。語文課程一向偏重文學作品的閱讀
> 及賞析,目前的國語文教科書主要的教材仍以經典文學作
> 品為主,……教師指導學生閱讀非連續文本的時間比例不
> 高。(《北市大語文學報》9期,2012年12月,頁94)

孫教授正是科技部三年期「符合15歲國際評量規範之閱讀素養學習與評量雲端平台」的總計畫主持人。在那幾年,各地國中的國文科都努力研習PISA閱讀素養評量的出題方式,如今,「擷取訊息」(Access and retrieve)、「整合解釋」(Integrate and interpret)、「反思評價」(Reflect and evaluate)的閱讀三層次已深植人心,奉爲圭臬。

中國大陸同樣在約十年前,出現「語文」學科考試應取法PISA閱讀評量,增加「非連續文本」取材的聲音,例如《教學月刊・中學版》2011年11期的張霞兒〈關注PISA專業視野下的語文試題命製〉:「爲進一步深化評價制度改革,我們在中考語文試題命製時,也在不斷探索並吸納PISA命題思想」,「語文閱讀測試應拓展閱讀材料選擇的視野,廣泛選擇各種類型的閱讀材料,……特別是在積累運用部分增加非連續性文本,以言語交際、綜合性學習等形式,考察學生眞實的閱讀素養。」

2. 近年的升學考試讓大家更注意「非連續文本」

「非連續文本」因考試而貴,是近幾年「考試領導教學」最典型的案例。

106國中會考寫作測驗,題幹是「請閱讀以下圖表及文字,按題意要求完成一篇作文」。這是十多年來,基測與會考的寫作測驗首度用「非連續文本」當寫作引導。隔年,寫作測驗試題打開來,繼續是一個「非連續文本」。

106會考寫作測驗

傳統習俗

歲時
例如： 端午節佩戴香包 中秋節吃月餅 春節不能掃地倒垃圾 ……

祭祀
例如： 求平安符 焚香燒金紙 西拉雅族祀壺 ……

生育婚喪
例如： 父母分贈新生兒彌月油飯 女兒出嫁離家前要潑水 以毛巾致贈參加喪禮的親友 ……

其他
例如： 搬家要挑吉日 禮物不能送「鐘」 紅包金額要湊雙數 ……

107會考寫作測驗

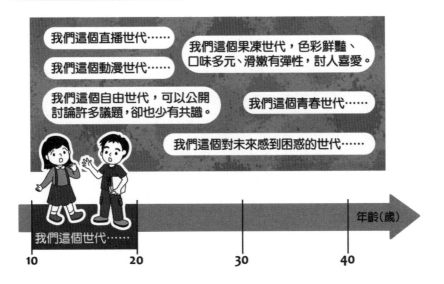

在108學年度（2019年8月）實施《十二年國民基本教育課程綱要》之前，由大學入學考試中心公布的《108新課綱與素養導向命題精進方向》投影片裡，就指出「大量閱讀與理解不同類型文本」，是素養導向試題對於學習與教學的挑戰，「在文字之外，要能解讀表格、繪圖、地圖等非連續文本」。

上述投影片公布於2017年11月。隔年1月學測之後，《親子天下》王韻齡〈面對大考「素養導向」命題，廣泛閱讀各類型長文是致勝關鍵〉便證明大學入學考試中心所言非虛：

> 上週剛結束的大學學測，印證了之前大考中心的提醒：新課綱「素養導向」的命題有3大重點：情境化、整合運用能力、跨領域和跨學科。如何因應這個重要趨勢呢？大考中心主任劉孟奇提醒以下3大方向：……2.大量閱讀各種不同類型文本：不管是記敘、抒情、說明、應用文本，都要廣泛接觸，除了文字之外還要能解讀表格、繪圖、地圖等非連續文本，也就是重視在生活中應用閱讀的能力。

之後幾年，每當上述幾個攸關升學的大型考試結束，老師們總是注意到其中少不了「非連續文本」。2018年5月，林鍾勇〈比學測素養更先行——非連續性文本閱讀素養試題當道的107統測國文〉指出：四技統測在考「非連續文本」上，比起學測是有過之而無不及：

國文在今年考題最大的亮點是多了相當多的非連續性文本。……所謂「非連續性文本」，是指閱讀材料由數據表格、圖表和曲線圖、圖解文字、憑證單、使用說明書、廣告、地圖、清單等非僅只是文句組成的文章。其特點是直觀、簡明，概括性強，易於比較，並且在日常生活中常見，實用功能十分明顯。今學年度統測非連續性文本相關試題共計八題，相較今年學測多出一倍。

2019年5月，《親子天下》林欣靜〈多讀長文，108課綱不怕不驚〉把「加強圖文轉換的詮釋能力」列為建構多元文本理解力的途徑之一：

我們的真實人生就充斥著各式各樣的圖表和統計數據，若是不懂判讀、整合和轉譯技巧，就會發生眾多曲解、誤用，甚至是從眾起舞、反遭利用的嚴重後果。而新課綱上路後，圖表題除了重視測驗學生能否同時具備讀懂「文與圖」的能力，也希望他們能進一步的「轉譯訊息」，將文字轉為圖表，在生活中讓其他人也能因解釋而輕鬆明瞭。

2019年10月，陳恬伶〈從國文會考題看素養導向的教學與評量〉談了幾個「並非是國文科的傳統題型」所考察的能力：

以一○七國文會考試題為例，考題中有幾題看起來並非是國文科的傳統題型，……國文老師所習慣的文本，包

括「句、段、篇章」的屬於「連續文本」，而圖表等則是屬於「非連續文本」。這一題（107年會考第4題）考的是在一個真實情境中，學生能否有效理解圖表含義，並且做出正確判讀，因此可以視為「生活素養題」。此外，題組第36、37題，也是這類的圖表題，但換成另一種圖表形式，考的是年表。本題不僅測驗年表的判讀，還考了事件的排序。……圖表的閱讀能力，是一種核心能力。（《快樂教師電子報》198期）

2020年5月，盧淑玲〈統測國文題型「圖」破以往，是「把統測當學測」嗎？〉認為「一向是走自己的路」的四技統測，109年的幾個圖表題也很新穎：

透過「傳染病簡介」表，考生可推論蘇軾在旱災缺乏乾淨水源時，面對的是何種傳染病，題目雖然簡單，卻極具素養教學特色。「唐詩宋詞傷春悲秋統計表」從研究假設、研究取材提問，把「研究方法」帶進考題視野，於統測前所未見。還有最讓人眼睛一亮的宋代馬遠「秋江漁隱圖」，讓考生在古人畫作中遙想課文裡漁父的形象，既展現古典文學教育的雅緻，也開啟圖文互讀的教學思路。（《蘋果日報》2020年5月3日即時新聞）

在老師們的敏銳觀察下，考「非連續文本」越來越像一個正在發生的趨勢。「國語日報教育廣場」2019年2月彭正翔〈多元文本閱讀，有助提升素養能力〉的投書就說：

筆者從這樣的命題方式得到不少啓發：第一，中小學的國語文教材需要更多的調整。例如國小教科書中，只有少數的課文會搭配圖畫與表格進行解說，建議教科書可以多朝這樣的方向編寫。

於是眞的有國中教科書在「自學選文」裡特別編撰了「非連續文本」，強調「從課文就讓學生熟悉圖表題型」。當然，還有更多出版社隨教科書供應的「補充文選」，以及各類型的助學書籍，也都趕快加進「非連續文本」。例如翰林出版的《新讀力時代》（楊蕙瑜、吳慧貞合著），強調「本書一半以上的單元，有非連續性文本的題型設計，幫助學生內化知識，並將其化爲素養」；另一本《想讀‧享讀》（林皇德、陳春妙、歐陽立中合著），「依重大議題及非連續文本設計主題」，「非連續文本」單獨列爲第十個主題。又如字畝文化出版的《大考國文特蒐題庫與解析》（鄭慧敏、黃麗禎等合著），在第一單元「大考趨勢」中提出了五個趨勢，列在首位的就是「圖表判讀」；另一本《閱讀跨出去》（吳玉如、李明慈等合著）也特別提醒：「非連續性文本是考生較不熟悉的形式，這類考題變化較多，陌生的形式往往讓學生誤解題意或放棄作答。」

是因爲108課綱提到「非連續文本」嗎？絕對沒有。那麼，與「圖表」相關的詞語呢？這倒是有，「學習內容」的「文本表述／說明文本」有這麼一條：

數據、圖表、圖片、工具列等輔助說明。（Bc-Ⅱ-3、Bc-Ⅲ-3、Bc-Ⅳ-3、Bc-Ⅴ-3）

但它其實無意強調「數據、圖表、圖片、工具列」是重要的新興文本，而是指出「數據、圖表、圖片、工具列」等客觀資料，是「說明文本」裡常用的「輔助」。這跟中國大陸的課程標準直接出現「非連續性文本」這個詞，意義完全不同。

但考試也和影劇一樣，配角吸睛，觀眾熱推，便迅速竄紅。

3. PISA未傳入臺灣前的「非連續文本」

在前文〈「非連續文本」和國語文學科有關嗎〉，曾列出一個86學測考信封寫法的試題。86年距今，已經超過20年了。其實在「非連續文本」這個名詞還沒傳進臺灣之前，在沒有專家建議國語文「應該」閱讀「非連續文本」之前，我們的升學考試就已經在使用「非連續文本」了。如果我們暫以2010年《親子天下》企畫「為何少年不閱讀──走錯方向的國中教育」為界線向前找，雖然整體而言次數不多，但也表示在那尚不知PISA閱讀評量為何物的年代，命題者並不覺得那些圖表、廣告之類的文本，是需要隔絕在國語文學科之外的。以下的兩個題組，一個來自92年第二次國中基測國文科，閱讀素材有錦囊的3個提示、26個英文代碼的對照表、取消訂票作業的6步驟，全屬條列的「非連續文本」；一個來自93年二技統測國文科，第二題的選項是四則廣告標題，也是「非連續文本」。

92基測二43-44　　　　　　　　　　　　→A：D

豆腐要去救被肉丸妖怪抓走的蕃茄，南瓜巫婆給豆腐一個錦囊，錦囊內有三項提示：

⑴ 殘缺的對偶句一則：「渭北春天樹，□□日暮雲」

⑵ 搭乘103（A）車次的噴射車

⑶ 英文代碼對照表

英文	A	B	C	D	E	F	G	H	I	J	K	L	M
代碼	01	02	03	04	05	06	07	08	09	10	11	12	13
英文	N	O	P	Q	R	S	T	U	V	W	X	Y	Z
代碼	14	15	16	17	18	19	20	21	22	23	24	25	26

43. 上文中，□□代表肉丸妖怪的藏身處。依據「對偶」的條件，下列何者是最可能的地點？

（A）田中　　（B）池上　　（C）南澳　　（D）竹北

44. 當豆腐查出肉丸妖怪的藏身處，依錦囊提示訂好車票，準備去救蕃茄，卻得知蕃茄已自行脫逃回家。豆腐打算取消訂票，他的身分證字號為A99，下列何者最可能是豆腐依據右列說明取消訂票的步驟？

（A）0199→1→1031→1

（B）1099→1→10301→1

（C）0199→0→0199→1→1031→1

（D）1099→0→0199→1→10301→1

取消訂票作業：
（請根據英文代碼對照表，將英文字母轉為數字碼）
1. 請輸入身分證字號
2. 正確請按1，錯誤請按0（重回步驟1）
3. 請輸入車次代碼
4. 確定取消訂票請按1，不取消訂票請按0
5. 系統告知取消訂票是否成功
6. 結束

25. 虞國大夫宮之奇勸說虞君：「虢，虞之表也；虢亡，虞必從之。」而鄭國大夫燭之武亦勸說秦君：「夫晉，何厭之有？既東封鄭，又欲肆其西封，不闕秦，焉取之？」他們共同使用的說服策略是：

（A）動之以情　（B）迫之以勢　（C）誘之以利　（D）懼之以患

26. 下列廣告中的標題，何者也運用了與上題相同的說服策略？

（A）甲乙　（B）乙丙　（C）丙丁　（D）甲丁

2-8 是誰家的「試」？閱讀的？國語文的？

1. 國語文教育沒跟隨PISA就走錯方向嗎？

也許我們想問：不跟隨PISA閱讀評量，就是「走錯方向的語文教育」嗎？

這個評論顯示了一個情況：OECD已然是全球教育的領導者。拿PISA閱讀評量的方向，來檢視我們國語文教育該走什麼方向，正是當前教育「OECD化」的縮影。前文便已提過，108課綱的關鍵詞——「核心素養」，就出自OECD的構想。無論你喜不喜歡這個國際教育趨勢，2018年4月，OECD《Education 2030: The Future of Education and Skills》已經發表了一個學習藍圖，又提供了「學習羅盤2030」。這個羅盤有指針四支：「知識」（Knowledge）、「價值」（Values）、「技能」（Skills）、「態度」（Attitudes），它們是「素養」（Competencies）的延伸。內圈是「核心基礎」（Core foundations），包括「身心健康」（Physical and mental health）、「數據與數位素養」（Data and digital literacy）、「社會與情感基礎」（Social and emotional foundations）、「讀寫與算術」（Literacy and numeracy）四項。中圈也是四項：「通權達變」（Transformative competencies）、「創造新價值」（Creating new value）、「調處衝突與困境」（Reconciling tensions & dilemmas）、「承擔責任」（Taking responsibility）。外圈則是「行動」（Action）、「反思」（Reflection）、「前瞻」（Anticipation）三個面向。你覺得它們會不會出現在未來的課綱呢？

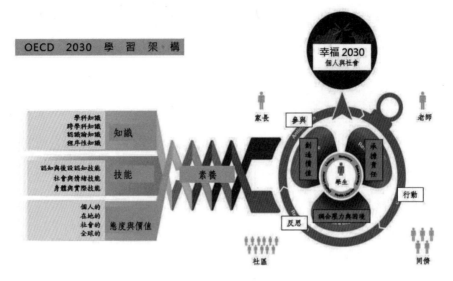

OECD 2030 學習架構

（引自林永豐〈經濟轉型與教育改革〉，《臺灣教育評論月刊》，2019年8月，頁10）

　　如果暫時離開這個教育「OECD化」的背景，當我們問：不跟隨PISA閱讀評量，就是「走錯方向的語文教育」嗎？我們一定會想到：「閱讀教育」並不等於「國語文教育」，學生在國際閱讀評量表現不佳，或沒辦法回答其中的「非連續文本」題，怎麼會全然是國語文教育的責任？

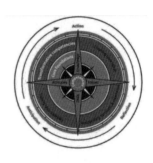

（引自https://www.youtube.com/watch?v=M3u1AL_aZjI&app=desktop）

　　這個想法絕對合理。但我們也不妨趁這樣的機會想一想：生活中的各類閱讀，究竟和國語文學科有沒有關係？前文已經提過，「非連續文本」只是一種文本樣式，若圖表內容是氣壓與高度，就與自然科有關，若圖

表內容是《紅樓夢》的用詞狀況，就與國語文有關。但以現在的升學考試來看，國文科試題不管是「連續文本」或「非連續文本」，內容也會「從內子宮聊到外太空」，那……到底什麼是國語文學科？國語文學科的邊界在哪裡？

2. 國語文的邊界是浮動的

沒有人敢回答國語文學科的邊界在哪裡，但國語文學科的邊界是浮動的，這點可以確定。

導致學科邊界浮動的因素，課綱是關鍵之一。例如民國95學年度起實施的「普通高級中學課程暫行綱要」，「國文」課綱首度提出「酌選文言文篇章40篇」，且「臺灣古典散文」擁有4個席次（陳第〈東番記〉、藍鼎元〈紀水沙漣〉、郁永河〈裨海紀遊選〉、連橫〈臺灣通史序〉）。正式課綱原本預計於98學年度起實施，但因爭議而暫緩，草案的「酌選文言文篇章40篇」，曾擬將「臺灣古典散文」提高至8篇（原「95暫綱」的4篇外，再加陳夢林〈望玉山記〉、鄭用錫〈勸和論〉、吳德功〈放鳥〉、蔣渭水〈快入來辭〉），但101學年度起實施的正式課綱，改為「酌選文言文篇章30篇」，「臺灣古典散文」仍維持十分之一：郁永河〈裨海紀遊選〉、鄭用錫〈勸和論〉、連橫〈臺灣通史序〉。新的108課綱，由於審議大會希望推薦選文不要出現歧視原住民的文字，連橫〈臺灣通史序〉與郁永河〈裨海紀遊選〉因此出局，普通型高中、技術型高中課綱也各自尋找合適的臺灣古典選文。普通型高中課綱推薦的是：鄭用錫〈勸和論〉、洪棄生〈鹿港乘桴記〉、張李德和〈畫菊自序〉；技術型高中課綱推薦的則是：沈葆楨〈臺煤減稅片〉與收錄於《臺陽見聞錄》的「清代臺灣鐵路買票收費章程」。

另一個影響學科邊界浮動的重要因素，則是升學考試。例如86年大學聯招，於現代詩〈蛇〉的閱讀測驗中，請考生推敲摘自〈選擇〉（林子祥、葉蒨文）、〈明天你是否依然愛我〉（童安格）、〈舊愛新歡〉（潘越雲）、〈浪人情歌〉（伍佰）的四段歌詞，何者最接近詩人的心情；又如87年學測，不但歌詞、廣告詞成為「修辭」測驗的素材，連作文題目都是透過汽水、咖啡、牛仔褲等產品的促銷訴求，請考生就「追求流行是表現自我或迷失自我」進行思辨。此後開啟了流行歌、廣告、通俗文學、漫畫等流行文化進入國語文的新趨勢。試題使用流行文化，顯然是想向學生揭示「學理」與「應用」間的橋梁。例如「比喻」、「擬人」等修辭法，在學生常接觸卻不見得留意的流行歌詞和廣告詞中也層出不窮。因此，透過回答試題的機會，學生便能體驗教科書介紹的知識果真可以應用於日常語文活動。106年學測第22題便曾就這樣的命題用意自我剖白：

　　閱讀下文，選出填入後敘述正確的選項：

　　學測以日常用語為考試素材，除了想讓考生懂得在社交場合善用既有的文雅詞彙，例如　(A)　；也希望考生能自行應用學理來分析新的語言現象，例如之前考外來語「純音譯」和「音義兼譯」，　(B)　，乃是外來語進入中文的常見形態。有些新詞頗富修辭趣味，例如「秒殺」形容掃奪之快，「神回應」形容答覆之妙，　(C)　。又「天兵」代指少根筋、常壞事之人，「天菜」代指無法抗拒的傾慕對象，但　(D)　。字義轉變最受矚目者莫如「囧」

字。此字在古代是「明亮」之意，但因狀似張著口、皺著
八字眉的臉，遂出現「爸媽囧很大」、「人在囧途」這類
新用法，義或略通於「窘」，　(E)　。

(A) 尊稱他人的母親為「令堂」，謙稱自己的提問為「垂詢」

(B) 時下以「粉絲」（fans）指稱對某人事物的熱愛者即屬
　　前者，捕捉精靈寶貝追求升級的手機遊戲「寶可夢」
　　（pokemon）則屬後者

(C) 「秒」和「神」均帶有誇飾的效果

(D) 前者的「天」是「天生的」，後者的「天」是「天真的」，
　　意思大不相同

(E) 這使原來只是基於字體形貌所產生的借用，恰好可用同音諧
　　義來聯想

採用課外的、生活化的素材，一直是大考中心推出「學科能力測驗」
標榜的路線。2001年出版的《認識學科能力測驗7》自陳：「學科能力
測驗自83年實施以來，已有8年的歷史，在這期間，各考科取材新穎，
不局限於記憶性知識，強調生活應用、治學能力的考題，不僅廣受各
界好評，亦有助於帶動高中教學趨於靈活。」

　　課綱力薦，臺灣古典文學就進入「國文」教科書的內容；升學考
試選用，流行文化便進入「國文」的課堂教學和學校段考中。那麼，
PISA閱讀評量這麼考，再加上學者專家也認同「國語文」該這麼考，
國語文學科的邊界就再度向外推了，「非連續文本」也就進來了。

3. 取決於國語文是怎樣的學科

但我們除了知道國語文學科的邊界是浮動的，也知道很多因素會影響邊界浮動之外，更想知道的是：可不可以這樣浮動？當問題進到這一層，涉及國語文教育的定位，就很難回答了。

葉聖陶在〈語文是一門怎樣的功課〉中指出，過去這門功課在小學叫「國語」，中學叫「國文」，係從教材取自「語體」或「文言」著眼；而中國大陸1949年以後統稱「語文」，則就口頭語和書面語合併言之：

> 「語文」作為學校功課的名稱，是一九四九年開始的。解放以前，這門功課在小學叫「國語」，在中學叫「國文」。為什麼有這個區別？因為小學的課文全都是語體文，到了中學，語體文逐步減少，文言文逐步加多，直到把語體文徹底擠掉。可見小學「國語」的「語」是從「語體文」取來的，中學「國文」的「文」是從「文言文」取來的。一九四九年改用「語文」這個名稱，因為這門功課是學習運用語言的本領的。……口頭說的是「語」，筆下寫的是「文」，二者手段不同，其實是一回事。功課不叫「語言」而叫「語文」，表明口頭語言和書面語言都要在這門功課裡學習的意思。「語文」這個名稱並不是把過去的「國語」和「國文」合併起來，也不是「語」指語言，「文」指文學（雖然教材裡有不少文學作品）。

「學習運用語言的本領」此一學科定位，後來有學者借用語言學中「語言」（langue）、「言語」（parole）分立的觀點，發展為一套以「言語」為「語文」課程本體的論述。李海林《言語教學論》（上海：上海教育出版社，2002年）的思維大致是：

1. 「語言研究」不同於「語言運用研究」。「語言研究」是研究語言要素的內部關係，「語言運用研究」是研究語言與語言外部之間的關係。語言內部關係是「關於語言的理論知識」，語言與語言外部之間的關係是「關於語言的實踐知識」。

2. 「語言」是「語言的理論知識」，「言語」是「語言的實踐知識」。

3. 口頭語和書面語的屬概念是「語言運用」，口頭語和書面語是在這一屬概念下，根據「語言運用」的不同憑借方式區分開來的種概念。如果只用「語言運用」來概括「語文」課程的內涵，並不理想，所以期望找到一個更具有抽象性和簡潔性的術語。

4. 「語文」課程的本體論，應該從以「語言」為主體，改變為以「言語」為主體。

余應源〈語文「姓」什麼？──認識與從事語文教學的邏輯起點〉（《中學語文教學》，2001年第3期）也主張「語文」是「母語的言語教育課程」，而「中小學語言的對象，是以現代交際言語為主體，為基礎，並逐步向科學言語、藝術言語及古代言語擴展的漢言語」，其論述大致是：

1. 口語與書面語，指的是人們運用語言材料與規則，進行交際活動的過程與結果，這樣的過程與結果是「言語」，而不是以詞彙為材料、以語法為結構規律而構成的抽象存在的體系——「語言」。培養聽說讀寫能力的語文教學，是運用語言材料與規則表情達意的「言語交際能力」，而不是區分詞類、劃分句子成分……這類「認識語言的能力」。

2. 人們的言語大致包括三種語體：（一）日常交際中使用的交際語言，（二）文學所用的以形象化為特徵的藝術語言，（三）論著所使用的概念化、抽象化的科學語言。口語和書面語固然都包含三種語體，但是三者不是簡單地平分天下。交際語言的語體，是社會每一個成員都必須掌握的；而藝術語言、科學語言是高層次的，不是每個人都能掌握的。

3. 三種語體不是截然分開，而是相通相容的。小學便應充分運用學生能夠接受、適合的藝術語言，豐富學生的語感，培養一般的言語交際能力，但不把培養文學能力做為教學目的。到中學，則應進行文學藝術語言的教育，但也只要求培養一定的文學接受能力，而不要求文學創作能力。同樣，小學便應學習科學言語，且應隨年級逐步增加，使語文更能為學習其他學科的服務，以利學生邏輯思維的形成與發展，但真正科學語言的訓練，必須等到中學。

依據上面的論述，「語言」和「認識語言的能力」主要是給中文系的學生學的，「言語」和「言語交際能力」則是每個人都應學的。中小學的國語文學科，定位應是「言語」學科，而不是「語言」學科。文學語言應該接觸，但不是為了求專精；科學語言也應該接觸，以便學習其他學科。

當國語文學科是這樣的定位，「非連續文本」便會在國語學科的邊界裡，從內子宮聊到外太空的「連續文本」也會在國語學科的邊界裡。這跟前面所談的臺灣古典文學、流行文化一樣，當國語文學科的邊界浮動，客人也能成為一家人。

我們也許會質疑：這樣的國語文學科課豈不成了樣樣通、樣樣鬆，專業何在？但仔細想想，如果國語文是「言語」學科，則掌握各類文章「行文」的來龍去脈，正是當行本領。下面是110末代指考第11題，大概沒有人會認為它在國語文學科之外吧？

> 依據文意，文中的「這角度」是指：
> 漢賦原本是昌盛於宮廷的貴遊文學，有一群背景相似的作者，稱為言語侍從，他們同為帝王而創作，作品因而呈現某些共同特色，隨著作者群的聚散與地位起落，作品也產生了變化。從這角度切入觀察漢賦，可使漢賦的各種特質與其演化得到合理的解釋。（改寫自簡宗梧《漢賦史論》）
>
> （A）貴遊文學作者的相似 　（B）貴遊文學特質與作品
> 　　　背景 　　　　　　　　　　　　變化
> （C）言語侍從同為帝王而 　（D）言語侍從聚散與地位
> 　　　創作 　　　　　　　　　　　　起落

但它在國語文學科之內，真的是因為考了「漢賦」嗎？其實這題要考察的能力是：能否看出文章裡的「這角度」，是選項D的「言語侍從聚散與地位起落」，此即文章「行文」的來龍去脈，而非文章「內容」的來龍去脈——如果要掌握文章「內容」的來龍去脈，就得知道什麼是「漢賦」、「貴遊文學」、「言語侍從」，但要作答這題，這些專有名詞通通不懂也沒關係。由此便可發現：這題若把文章主題從漢賦換成新冠肺炎疫苗，也不會改變它「考察閱讀能力」的本質。所以，要懂文章「內容」的來龍去脈，那是進入各個學門領域以後的事（例如要懂漢賦，是進中文系的事）；但要看懂文章「行文」的來龍去脈，達到樣樣通、樣樣鬆，還是得練功夫，須靠「言語」學科發揮本領。切勿小看這本領，這題可是有22%的考生沒能掌握「這角度」指的是什麼——如果放在學測、統測或國中會考，會有更高百分比的考生選錯答案。

4. 既然用於寫作題，何妨用於閱讀題？

不知大家是否已經發覺：在這個問題上，其實我們經常是雙重標準的——在「閱讀」方面的學科邊界較嚴，在「寫作」方面的學科邊界較寬。91學測的兩次考試，占9分的非選擇題均是圖表判讀。一題是要歸納、分析傳染病X從民國85年到88年「各年度、四季」的發生情形，一題是要歸納、分析「昆蟲甲」和「昆蟲乙」從民國89年1月到6月的族群變化情形。

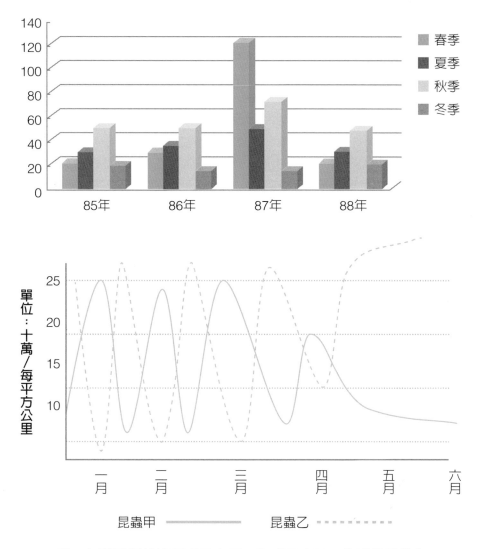

圖：台灣西部某地區「昆蟲甲」及「昆蟲乙」族群數量變化

92學測占27分的非選擇題的題目是「香米碑」，學生在寫作前要讀五個資料，其中之一是介紹郭益全博士的表：

姓名	郭益全
籍貫	台南縣鹽水鎮
生卒年	民國35年生，民國89年9月9日猝逝，享年55歲。
死因	家族本有心血管疾病病史，又因工作過勞，引起胸口悶痛卻不察，導致心臟病發，送醫不治。
學歷	美國德州農工大學博士，研究「水稻遺傳與育種」。
經歷	民國81年起，擔任農試所「水稻育種計畫」主持人，帶領團隊投入高品質香米品種改良工作。民國89年10月25日，正式通過農委會之審查登記，命名為「台農71號」。
工作信念	「要種稻，就要種好稻；要吃米，就要吃好米」
讚譽	1. 農試所同仁讚譽他是「接受正統水稻遺傳育種訓練，在台灣從事相關研究的第一人」。 2. 農委會視「台農71號」為革命性稻作品種，為紀念郭益全，特訂名為「益全香米」。
其他	1. 郭益全猝逝後，同事接手他未完成的事務，見堆積如山的資料，才體會到他對工作的投入有多深。 2. 郭夫人說：「每天洗米的時候就會想到他，如果他能吃一口香米再走，該有多好！」

　　傳染病、昆蟲、郭益全，這些內容都「不國文」不是？如果「寫作」試題讀這些，是在國語文學科的邊界內，何以「閱讀」試題讀類似的素材，就質疑是在國語文學科的邊界外呢？所以我們或許應進一步想想：如果我們向來接受「寫作」試題可以讀「非連續文本」，而且內容完全是其他學科的，這是否正是基於我們以「言語交際能力」來定位國語文學科？如果我們對「寫作」如此定位是不疑有他的，為何要對「閱讀」如此定位懷有戒心呢？

「非連續文本」
製題助攻

PART

3

3-1 揣題目，借助PIRLS、PISA閱讀評量

1. PIRLS的理解歷程

「國際閱讀素養進展研究」（Progress in International Reading Literacy Study，PIRLS）是國際教育成就評價協會（The International Association for the Evaluation of Educational Achievement，IEA）主持的閱讀評量，評量對象是小學四年級學生——因為這個年段已從「學習閱讀」轉向「透過閱讀進行學習」。這項評量自1991年起，每五年實施一次，在2016年納入數位閱讀，推出「ePIRLS」。不同於PIRLS的「閱讀目的」（Purposes for Reading）分為「文學體驗」（Literary Experience）、「獲得與使用訊息」（Acquire and Use Information）兩種，「ePIRLS」界定為「Online Informational Reading」，亦即只限於「獲得與使用訊息」。

雖然IEA的PIRLS沒有所謂「非連續文本」，但上文談過，OECD的「非連續文本」其實與「文件」關係密切，而「文件」的閱讀目的正是「獲得與使用訊息」，所以我們可以看一下「ePIRLS」的四個理解歷程（Processes of Comprehension）：聚焦並提取明確訊息、直接推論、解釋並整合觀點和訊息、審鑑與評論內容和文本要素，及其各自的閱讀任務，從中獲得揣（找）題目的啟發。

聚焦並提取明確訊息 Focus on and Retrieve Explicitly Stated Information	辨識網頁中含有訊息處 Identifying the part of the web page that contains the information 辨識與特定閱讀目標相關的明確訊息 Identifying the explicitly stated information related to a specific reading goal ★從圖表辨識特定訊息（如圖形、圖表、地圖） Identifying specific information on a graphic （e.g., graph, table, or map）
直接推論 Make Straightforward Inferences	從可能的網頁中選取最合適、最有用者 Choosing among possible websites to identify the most appropriate, applicable, or useful one 篩選網頁內容使其與主題相關 Filtering the content of a web page for relevance to the topic 概括網頁的主要意圖 Summarizing the main intent of a web page 描述文字與圖表間的關係 Describing the relationship between text and graphic （s） 推斷連結的潛在用途 Inferring the potential usefulness of links
解釋並整合觀點和訊息 Interpret and Integrate Ideas and Information	★比較並對照網站內或跨網站的訊息 Comparing and contrasting information presented within and across websites 繫聯不同網頁或網站的訊息 Relating the information in one web page or site to information in another web page or site 歸納網站（頁）內或跨網站（頁）的訊息 Generalizing from information presented within and across web pages or sites

（續下頁）

解釋並整合觀點和訊息 **Interpret and Integrate Ideas and Information**	將不同網頁的細節歸結於一個全面的主題 Relating details from different web pages to an overall theme 從不同網站的訊息作出結論 Drawing conclusions from information presented in multiple websites
評估與評論內容和文本要素 **Evaluate and Critique Content and Textual Elements**	評論在網站中尋找訊息的便利性 Critiquing the ease of finding information on a website 評估訊息改變人們想法的可能性 Evaluating how likely the information would be to change what people think ★描述網站中圖表元素的影響力 Describing the effect of the graphic elements on the website ★確認網站中的視角或偏見 Determining the point of view or bias of the website 判斷網站訊息的可信度 Judging the credibility of the information on the website

　　「ePIRLS」到PIRLS 2021就不獨立存在，上表中的★項目，已納進PIRLS 2021重新整合過的理解歷程和閱讀任務。從下表可以看到，有些是「文學體驗」的任務，有些是「獲得與使用訊息」的任務，有些則兩者共用。

聚焦並提取明確訊息 **Focus on and Retrieve Explicitly Stated Information**	辨識與特定閱讀目標相關的訊息 Identifying information that is relevant to the specific goal of reading 搜尋特定的觀點 Looking for specific ideas 尋求詞語的意義 Searching for definitions of words or phrases 辨識故事的背景（如時間、地點） Identifying the setting of a story (e.g., time and place) 找出主題句或主要觀點（當文中有明確陳述） Finding the topic sentence or main idea (when explicitly stated) 從圖表辨識特定訊息（如圖形、圖表、地圖） Identifying specific information on a graphic (e.g., graph, table, or map)
直接推論 **Make Straightforward Inferences**	推斷一事件導致另一事件 Inferring that one event caused another event 說出人物行動的原因 Giving the reason for a character's action 描述人物之間的關係 Describing the relationship between two characters 辨識文本或網站的哪個部分有助於特定目的 Identifying which section of the text or website would help for a particular purpose
解釋並整合觀點和訊息 **Interpret and Integrate Ideas and Information**	辨析文本的整體訊息或主題 Discerning the overall message or theme of a text 思考人物的行動選擇 Considering an alternative to actions of characters 比較並對照文本訊息 Comparing and contrasting text information

（續下頁）

解釋並整合觀點和訊息 **Interpret and Integrate Ideas and Information**	推斷故事的情緒或筆調 Inferring a story's mood or tone 為文本訊息的生活應用提供解釋 Interpreting a real-world application of text information 比較並對照網站內或跨網站的訊息 Comparing and contrasting information presented within and across websites
評估與評論內容和文本要素 **Evaluate and Critique Content and Textual Elements**	判斷文本訊息的完整性或明確性 Judging the completeness or clarity of information in the text 評估所述事件真實發生的可能性 Evaluating the likelihood that the events described could really happen 評估作者觀點改變人們思想行為的可能性 Evaluating how likely an author's argument would be to change what people think and do 判斷標題切合全文主題的程度 Judging how well the title of the text reflects the main theme 描述語言特徵的影響，例如隱喻或語氣 Describing the effect of language features, such as metaphors or tone 確認作者對中心主題的看法 Determining an author's perspective on the central topic 描述網站中圖表元素的影響力 Describing the effect of the graphic elements on the website 確認網站中的視角或偏見 Determining the point of view or bias of the website

2. PISA閱讀評量的認知歷程與例題

對於閱讀歷程，PISA閱讀評量其實和PIRLS看法幾乎一致，只是PIRLS讓表層的、直接的理解，更明顯有別於深層的、發展的理解而已。

與PISA 2009的閱讀層次相比，PISA 2018的閱讀認知歷程首先是多了「搜尋並選擇相關文本」，這主要是因為當下的數位閱讀環境，訊息量通常遠超過讀者的實際需求，所以讀者必須確定哪些是相關的、可用的文本。其次也多了「評估品質與可信度」和「檢測和處理矛盾」，讀者除了要辨識訊息是否真實、完整，當面對立場、觀點相左的訊息，也要懂得審慎去取，排解訊息所帶來的認知衝突。

同時，PISA 2018也把「理解」定義為一種讀者對文本的心智表現結構，既是運用腦海儲存去形成文本的字面意義，也是透過圖式理解和推論，把文本內容和先備知識予以整合。從句子或局部片段先產生字面意義，然後會在句子與整段全篇之間，進行由簡單到複雜的推論，透過文本不同部分的連結，構成整合的解釋。

PISA 2009閱讀層次

層次 Aspects	使用文本內容 Use content primarily from within the text	進入與提取 Access and retrieve	提取訊息 Retrieve information
		整合與解釋 Integrate and interpret	形成概括理解 Form a broad understanding 發展解釋 Develop an interpretation
	聯結外在知識 Draw primarily upon outside knowledge	反思與評估 Reflect and evaluate	反思與評估文本內容 Reflect on and evaluate content of text 反思與評估文本形式 Reflect on and evaluate form of text

PISA 2018閱讀認知歷程

認知歷程 **Cognitive** **processes**	搜定訊息 Locating information	進入並提取文本訊息 Accessing and retrieving information within a text 搜尋並選擇相關文本 Searching for and selecting relevant text
	理解 Understanding	映現字面意義 Representing literal meaning 整合並產生推論 Integrating and generating inferences
	評估與反思 Evaluating and reflecting	評估品質與可信度 Assessing quality and credibility 反思內容與形式 Reflecting on content and form 檢查並處理矛盾 Detecting and handling conflict

　　因為「非連續文本」是PISA閱讀評量自訂的文本樣式，所以我們可以從OECD所提供的樣本試題找到觀摩範例。

下列樹狀圖顯示某個國家「工作年齡人口」的結構。1995年，該國的
總人口數大約有340萬。

截至1995年3月31日的勞動人口結構

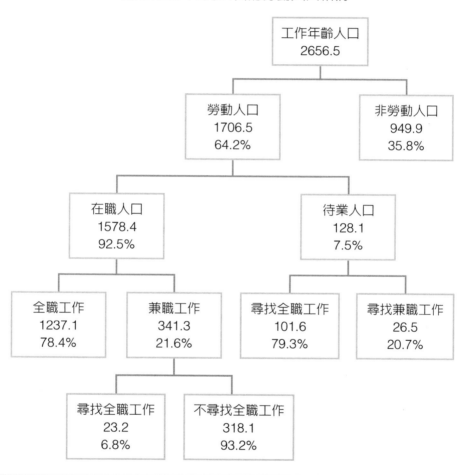

註1：工作年齡人口介於15至65歲間。

註2：單位：千。

註3：「非勞動人口」指不積極尋找工作或不能工作的人。

提取訊息

工作年齡人口中有多少人屬於非勞動人口？（請寫出實際人數，勿寫百分比）（答案：949900人）

形成概括理解

根據上表，工作年齡人口有哪兩個主要的類別？（答案：D）

（A）在職人口和待業人口　　（B）就業年齡和非就業年齡

（C）全職工作和兼職工作　　（D）勞動人口和非勞動人口

反思文本內容

下表所列的人物屬於樹狀圖中的哪一類？請在下表內畫記「V」（作答方式可以參考①）：（答案以*標註）

	在職 勞動人口	待業 勞動人口	不屬於 勞動人口	不屬於 任何一類
①兼職服務生，35歲	V			
②商界女性，每星期工作60小時，43歲	*			
③全職學生，21歲			*	
④剛賣掉店舖，正尋找工作的男子，28歲		*		
⑤從來未做過工，亦從未想過要尋找工作的女子，55歲			*	
⑥80歲的祖母，每天仍會在家庭經營的攤販工作數小時				*

反思文本形式

勞動人口結構的資料是以樹狀圖呈現，但它也能用其他方法呈現出來，如文字描述、圓餅圖、曲線圖或表格。選擇樹狀圖最可能是因為它適合用來呈現：（答案：C）

（A）隨著時間變化的事項　　（B）人口數量的多寡

（C）各個類別中的區塊　　　（D）各個類別的大小

PISA 2018　樣本試題

www.chickenhealth.com/forum/aspirin-chickens

家禽的健康
健康家禽的線上資源

餵雞吃阿斯匹靈

| 伊凡娜_88　樓主 | 發表於：10月28日18:12 |

大家好！
可以餵母雞吃阿斯匹靈嗎？我的母雞現在2歲，我覺得牠的腳受傷了。我必須等到週一才能找到獸醫，而獸醫又不接電話。我的母雞看起來非常痛苦，在我能帶牠看獸醫前，我想先給牠一些東西，讓牠感覺舒服點。感謝幫忙！

| 納莉B79 | 發表於：10月28日18:36 |

我不知道阿斯匹靈對母雞是否安全。在給家禽用藥之前，我總是先諮詢我的獸醫。我知道某些對人類安全的藥物，但對鳥類是非常危險的。

莫妮	發表於：10 月28日18:52

我家一隻母雞受傷時，我給牠餵過阿斯匹靈，沒發生任何問題。第二天，我帶牠去看獸醫時，牠已經好多了。我想如果你餵食太多，可能會有危險，所以不要超出劑量限制！希望牠感覺好一些！

禽鳥_交易	發表於：10 月28日19:07

嗨！別忘了過來看看我的超低價禽鳥產品。全面大降價！

鮑伯	發表於：10 月28日19:15

有人能告訴我如何判別一隻雞是否生病嗎？謝謝！

富蘭克	發表於：10 月28日19:21

你好，伊凡娜，

我是一位獸醫，禽鳥類專科。如果受傷的雞出現疼痛現象，可以餵牠吃阿斯匹靈。對禽鳥類給予阿斯匹靈處方時，我會遵守《臨床禽鳥醫學》出版的指引。以雞的體重來看，每公斤應餵5毫克的阿斯匹靈。在看獸醫之前，你可以一天給予3～4次。非常重要的是找你的獸醫追蹤後續狀況。祝你好運！

搜尋並選擇相關文本

參考「家禽的健康論壇」，點擊一個選項來回答本題。

誰在給受傷母雞吃阿斯匹靈這方面有正面經驗？

○ 伊凡娜_88　　○ 納莉B79　　● 莫妮　　○ 鮑伯

映現字面意義

參考「家禽的健康論壇」，點擊一個選項來回答本題。

伊凡娜_88想知道什麼？

● 她是否可以給受傷的母雞吃阿斯匹靈

○ 她多久可以給受傷的母雞吃一次阿斯匹靈

○ 如何為受傷的母雞找獸醫

○ 她是否可以判斷受傷母雞的疼痛程度

整合並產生推論

參考「家禽的健康論壇」，點擊一個選項來回答本題。

為什麼伊凡娜_88決定在網路論壇張貼她的問題？

○ 因為她不知道如何找獸醫　　　　○ 因為她認為母雞的問題不嚴重

● 因為她想盡快幫助她的母雞　　　○ 因為她負擔不起獸醫的費用

評估品質與可信度

參考「家禽的健康論壇」，點擊一個選項，然後輸入一個解釋來回答本題。

誰對伊凡娜_88的問題張貼了最可靠的回答？

○ 納莉B79　　　○ 莫妮　　　○ 禽鳥_交易　　　● 富蘭克

提出一個理由來支持你的答案：

3. 三層認知歷程的選擇題示例

如何運用PISA閱讀評量「搜定訊息」、「理解」、「評估與反思」三層認知歷程來揣試題？透過國內考試機構的「非連續文本」試題，可以獲得一些啟發。

⑴ 搜定訊息

一個試題通常有「憑據端」和「待驗端」兩部分。這兩部分，不一定誰是題幹、誰是選項，但選項為待驗端居多。例如109會考第1題，憑據端是「熱衰竭與中暑的比較」圖表，待驗端是四個選項。

109會考1　　　　　　　　　　　　　　　　　　→B

根據這張圖表，下列何者的症狀最可能是中暑？

（A）冒汗而體溫正常的小健　　　（B）體溫過高不出汗的小康

（C）大量流汗虛弱頭暈的小平　　（D）心跳加速體溫正常的小安

熱衰竭與中暑的比較

熱衰竭
- 會流汗，所以皮膚比較潮濕
- 體溫大多是正常
- 虛弱及頭暈、頭痛

中暑
- 感覺身體很熱，皮膚乾燥發紅
- 體溫升高超過 40.5℃
- 頭暈、頭痛，嚴重可致昏迷
- 快而強的脈搏

憑據端的一個或幾個地方，會是待驗端的目標區。一般來說，如果目標區只有一個，辨識較容易；目標區分散，辨識的複雜度就高一些。

「搜定訊息」是閱讀「非連續文本」最基本的方法，讀者要做的，就是把待驗端拿去跟憑據端比對。大致來說，有兩個因素會產生干擾：

　　⑴ 憑據端目標區是集中的？還是分散的？

　　⑵ 待驗端是原文照搬？還是換句話說？

　　上面這題除了選項D外，其他選項要看的憑據端目標區，都集中於單一的「熱衰竭」或「中暑」。再看待驗端的文字敘述，除了少數稍微換句話說，其餘都從憑據端原文照搬。

　　選項A的目標區，集中於圖的左半（熱衰竭）：「冒汗」對應圖中「會流汗」；「體溫正常」與圖中用字完全相同。

　　選項B的目標區，集中於圖的右半（中暑）：「體溫過高」對應圖中「體溫升高超過40.5℃」，「不出汗」對應「皮膚乾燥」。選項都稍微換句話說。

　　選項C的目標區，集中於圖的左半（熱衰竭）：「大量流汗」對應圖中「會流汗」，「虛弱頭暈」與圖中用字完全相同。

　　選項D的目標區，分散於圖的左右兩半：「心跳加速」是右半（中暑）「快而強的脈搏」的換句話說；「體溫正常」與左半（熱衰竭）用字完全相同。

　　我們再看憑據端目標區不只一個的例子。

環保署推出一款可依據需求設定提醒通知的空污報你知APP。一位就讀於清新國中的鄂典舞同學，由於自小氣喘，屬於過敏族群，因此下載了這個APP，並根據自己的情況進行設定。他在2018/1/4收到了以下通知：「本日可能需增加使用吸入劑的頻率，並建議減少進行長時間戶外劇烈運動。環保署關心您！」請根據通知內容判斷鄂典舞同學最可能居住在哪一個城市？

（A）宜蘭 （B）嘉義 （C）新竹 （D）高雄

圖1、2018/1/4全國空氣品質圖（框內為 AQI 值）

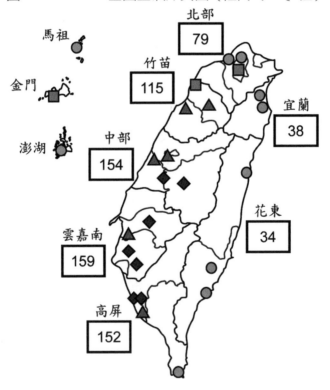

表1、空氣品質指標（AQI）影響建議表

AQI	0～50	101～150
圖示	●	▲
健康影響	良好	對敏感族群不健康
活動建議	正常戶外活動。	1.仍可進行戶外活動，但建議減少長時間劇烈運動。 2.氣喘的人可能需增加使用吸入劑的頻率。
AQI	51～100	151～200
圖示	■	◆
健康影響	普通	對所有族群不健康
活動建議	正常戶外活動。	1.應避免長時間劇烈運動，戶外活動應增加休息時間。 2.氣喘的人可能需增加使用吸入劑的頻率。

　　上題的待驗端是四個城市。憑據端是鄂典舞同學所收到的通知：「本日可能需增加使用吸入劑的頻率，並建議減少進行長時間戶外劇烈運動」，以及圖1、表1。

　　查閱憑據端時，先從「增加使用吸入劑的頻率，並建議減少進行長時間戶外劇烈運動」的通知著手，確認鄂典舞所住的城市，應該是表1裡AQI在101～150間（圖示為▲）者，然後再於圖1裡分別去看待驗端四個城市的AQI：宜蘭（AQI為38）、嘉義（AQI超過150）、新竹（AQI為115）、高雄（AQI超過150），確認符合數值的城市為新竹。憑據端的目標區多，搜定的複雜度就高。

我們再看待驗端「換句話說」的例子。

妙巫婆在早上八點鐘依上述祕方操作，下列她所實行的步驟，哪一項與祕方有明顯出入？

（A）她將80公克魔豆與1600cc的冷開水，一起裝入密封罐中，放入冷藏室

（B）她分別於上午十一點、下午兩點、五點取出密封罐，均勻搖晃一次

（C）她在晚上八點取出，將水與魔豆分開，並且把水放回冷藏室

（D）她在晚上九點倒出100cc，含入口中，平躺二十分鐘，按摩雙耳及手臂後再吞下

提升魔力的祕方

材料：魔豆80公克、冷開水1600cc。

步驟：1. 將魔豆與冷開水一起裝入密閉容器。

2. 置於冰箱冷藏，每隔三小時均勻搖晃一次。

3. 滿十二小時後，不須搖晃，直接把魔豆濾出，將水冷藏以備服用。

4. 每天服用100cc。服用前宜閉目平躺，按摩雙耳、手臂約二十分鐘，深呼吸二十下，然後緩緩飲用，最好先含在口中稍溫後再吞下。

上題選項B、C的憑據端目標區很明確，但選項B把步驟2「每隔三小時均勻搖晃一次」改說成「上午十一點、下午兩點、五點……均勻搖晃一次」，選項C把步驟3「滿十二小時後」改說成「晚上八點」。

我們再看一個待驗端「換句話說」的例子。因為換用了含有典故的古代詞語，學生必須具備較高程度的詞彙知識。

104會考44 →D

誠徵臺灣府屬諸羅縣知縣一名

【求才內容】

職務說明：負責該縣境內司法審判、賦稅徵收、考試選才、治安維護、教化百姓、公共建設等工作。

上班地點：臺灣府屬諸羅縣衙門。

工作待遇：月薪為四十五兩白銀；住宿、膳食、醫藥費用全免，並提供專屬車轎；無退休俸祿。

上班時段：工作時間為辰時至申時，午時可自由活動。無故曠職或遲到，依天數與情節輕重，減俸以示處罰。

休假制度：每年十二月十九日至次年正月十八日為年假。皇帝、太后或皇后壽辰，以及清明、端午、中秋、重陽等節日，雖不審理司法案件，仍須至衙門處理公務。

【工作條件】

年齡限制：二十歲以上，七十歲以下。

籍貫限制：依據「不得於籍貫所在地任官」的迴避制度，設籍臺灣府者不得應徵。

任用資格：須進士及第。

工作經驗：須有數年仕宦經驗，始可投遞履歷。

【應徵方式】

請至吏部填寫相關資料，並檢附履歷，等候通知。

根據本文，下列何人最符合遴選資格？

候選人	(A) 趙得助	(B) 甄理想	(C) 鄭聰明	(D) 郝正道
年齡	年方弱冠	年逾古稀	不惑之年	年將耳順
籍貫	福州府	潮州府	臺灣府	泉州府
經歷	十年寒窗，今年如願考取進士	任縣府師爺三十年，公職經驗豐富	曾任臺灣巡府幕僚，深受賞識而獲推薦	狀元出身，久任閒吏，因而請調來臺

　　上題的憑據端是「臺灣府屬諸羅縣知縣徵才啟示」，待驗端是「趙得助、甄理想、鄭聰明、郝正道」四名應徵者的條件。

　　憑據端有四個目標區，分別是：「年齡限制：二十歲以上，七十歲以下」，「籍貫限制：設籍臺灣府者不得應徵」，「任用資格：須進士及第」，「工作經驗：須有數年仕宦經驗」。

　　待驗端選項A「年方弱冠」是「剛滿20歲」的換句話說，選項B「年逾古稀」是「年過70」的換句話說，選項C「不惑之年」是「40歲」的換句話說，選項D「年將耳順」是「年近60」的換句話說。學生若對這些詞語不熟悉，即使找到了憑據端目標區，也難以進行確認。

此外，選項D的「狀元出身」是否等於徵才啓示所說的「進士及第」？選項A的「十年寒窗，今年取士」、選項D的「久任閒吏」是否符合徵才啓示所說的「數年仕宦經驗」？這些古代用語也增加比對的難度。

（2）理解

就圖表形式的「非連續文本」來說，能掌握圖表整體結構，是重要的理解項目。我們來看兩個例子：

107學測6 →D

下列是仁欣醫院在進行手術治療前，提供給患者的麻醉風險等級表，依據表中的資訊，敘述錯誤的是：

麻 醉 風 險 等 級 表		
級別	病人狀態	死亡率
1	健康	0.06~0.08%
2	有輕微的全身性疾病，但無功能上的障礙	0.27~0.4%
3	有中度至重度的全身性疾病，且造成部分功能障礙	1.8~4.3%
4	有重度的全身性疾病，具有相當程度的功能障礙，且時常危及生命	7.8~23%
5	瀕危，無論是否接受手術治療，預期在24小時內死亡	9.4~51%

（A）第1、2級死亡率約爲0.06%至0.4%，可見麻醉雖有風險但危險程度低

（B）第3、4級風險程度增高，乃因病人患有全身性疾病，且伴隨功能障礙

（C）第5級死亡率可高達1/2，但在不開刀的情形下，可能一天內結束生命

（D）麻醉風險與患者的健康狀況密切相關，死亡率由高至低依序為1至5級

上題選項A、B、C屬於「搜定訊息」，選項D的憑據端目標區是整個表，要了解的是整個表的排列模式——死亡率最高者排在第5級，最低者排在第1級。所以，選項D的認知歷程並非單純「搜定訊息」，而是屬於「理解」。

110二技統測32 　　　　　　　　　　　　　→D

詩餘體變自唐，而盛行於五代。自宋以後，體制益繁，選錄益眾，而溯源星宿，當以此集為最古。唐末名家詞曲，俱賴以僅存。……於作者不題名而題官，蓋即《文選》書字之遺意。惟一人之詞，時割數首入前後卷，以就每卷五十首之數，則體例為古所未有耳。……後有陸游跋，稱：「唐季、五代，詩愈卑，而倚聲者輒簡古可愛，能此不能彼，未易以理推也。」不知文之體格有高卑，人之學力有強弱。學力不足副其體格，則舉之不足；學力足以副其體格，則舉之有餘。律詩降於古詩，故中、晚唐古詩多不工，而律詩則時有佳作。詞又降於律詩，故五季人詩不及唐，詞乃獨勝。此猶能舉七十斤者，舉百斤則蹶，舉五十斤則運掉自如，有何不可理推乎！（改寫自《四庫提要·花間集》）

《花間集》目錄	卷一	卷二	卷三	卷四	卷五
	溫助教50首	溫助教16首 皇甫先輩12首 韋相22首	韋相26首 薛侍郎19首 牛給事5首	牛給事27首 張舍人23首	張舍人4首 毛司徒31首 牛學士11首 歐陽舍人4首
	卷六	卷七	卷八	卷九	卷十
	歐陽舍人13首 和學士20首 顧太尉18首	顧太尉37首 孫少監13首	孫少監48首 魏太尉2首	魏太尉13首 鹿太保6首 閻處士8首 尹參卿6首 毛秘書16首	毛秘書13首 李秀才37首

依乙表目錄，判斷下列選項中的作者與卷別，何者符合甲文「一人之詞，時割數首入前後卷」的說法？

（A）韋相 （B）薛侍郎 （C）牛學士 （D）尹參卿

　　上面的閱讀素材編有三題，其中此題要學生檢視「一人之詞，時割數首入前後卷」的情況。在四個選項中，薛侍郎19首都在卷三，牛學士11首都在卷五，尹參卿6首都在卷九，只有韋相22首在卷二，26首在卷三。這題也是就整個目錄的排列模式進行「理解」。

　　有些「非連續文本」也跟「連續文本」一樣有「主旨」，掌握主旨屬於概括理解。例如下題，圖中呈現「全世界」、「臺灣」、「法國」的案例，但有一個共同的主題，就是減少位於畫面中央的「廚餘」。

綜括右圖訊息,最適合的標題為何?

(A)搶救看不見的浪費,把剩食減到最低量

(B)落實廚餘回收,讓有機資源循環再利用

(C)省下一杯咖啡的錢,捐助世界饑餓貧童

(D)穩定市場供需,改善農作生產過剩問題

「非連續文本」的細部解釋與「連續文本」一樣,都需要整合、分析。我們先看整合的例子:

根據這則文宣內容,可以明確得知下列何者?

(A)舉辦「遊園會」是為籌募國家溼地復育基金

(B)活動結合民俗、生態、藝術與生活,寓教於樂

(C)「水官佑雁鴨」的活動主要是以化妝遊行的方式進行

(D)活動中對溼地動、植物的培育,均提供親身體驗課程

2010臺北華江雁鴨季
水官佑雁鴨　攜手護溼地　12月4日

08:00~10:30	龍山寺祈福、水官佑雁鴨遶境踩街活動、溼地生態創意化妝遊行比賽
09:30~12:00	華江溼地生態繪畫寫生
10:30~15:30	在地生態研究成果展：國家溼地復育計畫說明、華江長期監測成果分享 遊園會：在地美食育樂攤展、公益宣導攤展 生態闖關：1.賞鳥博覽會　2.萬里長征　3.鳥食大不同
11:00~15:30	水生經濟作物栽種：茭白筍、菱角、水芋
15:30~16:00	繪畫寫生頒獎、闖關頒獎

　　要判斷上題選項B為正答，既要能歸納「龍山寺祈福、遶境踩街」屬於「民俗」活動，「生態研究成果展」屬於「生態」活動，「化妝遊行、繪畫寫生」屬於「藝術」活動，「遊園會、闖關遊戲、植物栽種」屬於「生活」活動，並且要能確認這些活動，可統合於「寓教於樂」這項宗旨之下。

　　在分析方面，最常見的是就「非連續文本」內的訊息進行比較。我們看兩個例子：

根據這則說明，下列敘述何者正確？

（A）凡採取「超商付現取貨」的人，隔天下午即可取貨

（B）三種付款方式中，以「貨到付款」能最快取得貨品

（C）不論採取何種付款方式，皆須提供住家地址以便送貨

（D）不願預付貨款的訂購者，可選擇超商門市取貨的方式

樂客多網路書店付款方式說明

一、超商付現取貨：自行指定門市，取貨時付款。
二、貨到付款：須提供地址，送件時宅配人員將當場收款。
三、信用卡線上付款：線上付款，商品將寄到您所提供之地址。

備註：訂貨之後，一般收到貨品時間約三天。若商品有庫存，只要當天中午12點前完成訂購，即可於隔日中午12點後，至所指定超商門市取貨。

　　上題的比較項目為「付款方式」（超商付現取貨、貨到付款、信用卡線上付款）和「有無庫存」（會影響收貨時間），四個選項便是據此編製。

根據這張表格，下列敘述何者正確？

（A）任何時候報名，舊學員學費皆可打折，新學員則否，且須繳交100元報名費

（B）殘障朋友憑殘障手冊即可免收報名費，任何時候報名，學費均九折優待

（C）持有終生學習卡的人，即使在12月26日以後報名，也無須繳交報名費

（D）於12月25日以前，團體10人以上報名所繳的學費是其中最優惠的

愛愛社會服務中心93年第1期研習活動報名優惠辦法

報名區分	12月25日以前報名			12月26日以後報名		
	終生學習卡	報名費	學費	終生學習卡	報名費	學費
新學員	無卡	100元	95折	無卡	100元	恕不折扣
舊學員	憑卡	免	9折	憑卡	免	恕不折扣
	無卡	100元	9折	無卡	100元	恕不折扣
團體10人以上報名	憑卡	免	85折	憑卡	免	9折
	無卡	100元	85折	無卡	100元	9折
殘障人士	憑殘障手冊	免	7折	憑殘障手冊	免	7折

　　上題的比較項目很多，包含「人員」（新學員、舊學員、團體10人以上、殘障人士）、「報名時間」（12月25日以前、12月26日以後）、「優惠資格」（有沒有終生學習卡），這些因素會影響到「報名費」（免收或100元）和「學費」（無折扣～7折）。這題的四個選項即據此編製。

　　在「非連續文本」的分析上，推論因果關係的難度，通常會高於訊息比較。我們看下面的例子：

19. 依據下圖，下列敘述何者正確？

（A）鯊魚體內環境毒素多，唯魚鰭毒稀而可食

（B）鯊魚長壽且繁殖力強，但敵不過人類濫捕

（C）鯊魚割鰭後行動遲緩，故攻擊力不及鱷魚

（D）鯊魚對物體辨識力差，並非專嗜人類獵食

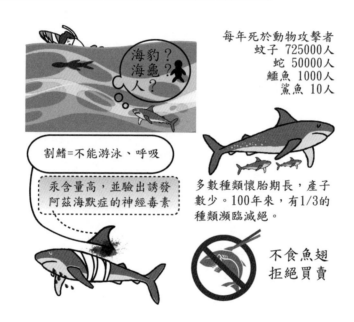

每年死於動物攻擊者
蚊子　725000人
蛇　　50000人
鱷魚　1000人
鯊魚　10人

海豹？
海龜？
人？

割鰭＝不能游泳、呼吸

汞含量高，並驗出誘發
阿茲海默症的神經毒素

多數種類懷胎期長，產子
數少。100年來，有1/3的
種類瀕臨滅絕。

不食魚翅
拒絕買賣

20. 上圖倡導「不食魚翅，拒絕買賣」，主要是基於何種理由？

（A）數罟不入洿池，魚鱉不可勝食也

（B）夫膻臭之欲不止，殺害之機不已

（C）竭誠則胡越為一體，傲物則骨肉為行路

（D）求福莫過齋戒佈施，求壽莫過不殺放生

「鯊魚對物體辨識力差，並非專嗜人類獵食」談的是「鯊魚攻擊人類」的原因，其推論根據是左上角「海豹？海龜？人？」的圖像。這是完全在文本之內的因果推論。

　　至於「不食魚翅，拒絕買賣」的理由，從圖中顯示的訊息來看，直接的原因應該是：「鯊魚鰭毒素多，吃魚翅傷身體」（害了人類自己），「鯊魚割鰭後會死，吃魚翅會讓鯊魚滅絕」（害了鯊魚）。選項B所說的「慾望無窮，殺害不止」，已經從文本內的直接原因延伸到背後的哲理（多慾則枉道速禍），這個哲理其實在文本之外，屬於高層次的推論。

　　理解「非連續文本」所進行的整合或分析，其實得啓動多種能力，這些能力很難逐一列舉，甚或在答題時使用了這些能力也不自覺，例如下題：

98基測二11　　　　　　　　　　　　　　　　　→A

根據這份乘車時刻表判斷，下列敘述何者正確？

（A）「新站」應該是大湖區的交通要站

（B）「湖山」到「大城」乘車需時一小時

（C）「湖山」到「新站」，以2007車次的車速最慢

（D）這兩個車次以「湖山」為起始站

城際列車大湖區乘車時刻表

	001	003	105	1107	2007
湖山	—	08:00	—	07:15 07:20	07:30 07:35
大城	07:30 07:35	08:30 08:35	—	07:50 07:55	—
新站	08:10 08:15	09:10 09:15	07:35 07:40	08:45 08:50	08:35 08:40
漁村	08:40 08:45	—	08:10 08:15	09:25 09:30	—

說明：時間欄中，上部分為抵達時間，下部分為開車時間，「—」表示本站不停車。

　　先看選項A，圖表中並未明示「新站」是否為大湖區的交通要站，讀者必須從這五個車次「都停靠新站」推知。但「各車次都停靠新站」為何等於「交通要站」？這個解釋的來源其實是生活經驗。

　　再看選項D，1107、2007兩個車次，都有「抵達湖山，又從湖山發車」的時間，但這為何就表示「湖山不是起始站」？其解釋來源也是生活經驗。

　　至於選項B，「湖山」到「大城」要多久時間？需要簡單的算術能力（07:20到07:50為30分鐘，08:00到08:30也是30分鐘）。選項C看似也需要算術能力，但其實不必，因為2007車次由「湖山」到「新站」，中間不停靠「大城」，用生活經驗即可推斷不會是「最慢」的車。

（3）評估與反思

　　由於選擇題選項在誘答的同時，也會提供思考線索，因而不容易就「評估與反思」來編製試題。我們看兩個例子：

說明圖表的能力，包含理解與表達。關於下列圖表的說明，何者最適當？

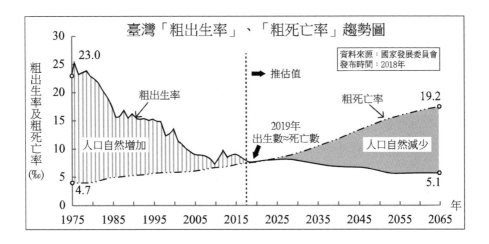

（A）由1975年預估2065年，「粗出生率」將下滑5.1‰

（B）1980年起，「粗出生率」與「粗死亡率」差距持續擴大

（C）2020年以後，我國「人口自然減少」預估數將明顯呈現負成長

（D）兩條趨勢線是否於2019年交叉，仍受「人口自然增加」實際數影響

　　上題的選項A、C，考的其實是「能否精準表達」：選項A應該說「下滑『到』5.1‰」──「下滑5.1‰」和「下滑到5.1‰」差一字差很多。選項C應該說「呈現『正』成長」──「『人口自然減少』呈現負成長」和「『人口』呈現負成長」意義剛好相反。整體而言，它們跟選項B一樣，屬於「理解」認知歷程。

但選項D的敘述：「兩條趨勢線是否於2019年交叉，仍受『人口自然增加』實際數影響」，本身不在圖表訊息中——圖表訊息僅顯示「兩條趨勢線預估於2019年交叉」，所以選項D屬於「反思文本內容」。

108大考中心研究用試卷12 →A

下列圖表摘自文化部105年「臺灣出版產業民眾閱讀及消費行為調查」，「圖一」是受訪者對「是否去過實體書店」的調查結果，「表一」是各類受訪者「去實體書店的平均次數」，請於閱讀後回答1-2題。

圖一

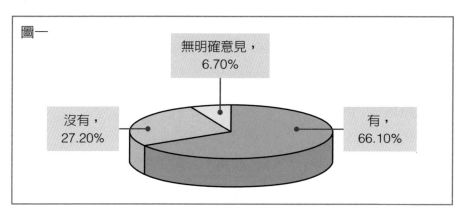

無明確意見，6.70%
沒有，27.20%
有，66.10%

表一

性別		年齡		個人月收入	
男	7.0	12～18歲	10.8	無經常收入或沒有收入	6.7
女	9.7	19～29歲	11.5	未滿2萬元	7.2
居住地區 北部	9.0	30～39歲	8.7	2萬元以上～未滿3萬元	8.3
中部	8.0	40～49歲	9.5	3萬元以上～未滿5萬元	8.7
南部	7.8	50～59歲	8.3	5萬元以上～未滿7萬元	12.2
東部及離島	6.9	60歲以上	3.8	7萬元以上～未滿10萬元	10.9
		未表態	0.4	10萬元以上	9.8
				未表態	8.1

關於圖一與表一的解讀，最**不適當**的是：

（A）圖一6.7%無明確意見的受訪者，最可能是表一年齡與個人月收入這2項中的未表態者

（B）調查單位預設性別、年齡、居住地區、個人月收入這4項因素，可能影響去實體書店的意願

（C）受訪者去實體書店與否，或受當地書店多寡影響，故不宜遽然斷定東部及離島居民最不喜歡去實體書店

（D）因平均數容易被受訪群組內的極端值影響，故不宜遽然斷定19～29歲者去實體書店的意願絕對高於12～18歲者

　　上面的閱讀素材編有兩題，其中此題選項A、B都屬於「理解」：表一是「去實體書店的平均次數」，當中的「未表態」者，仍是去過實體書店的人，所以不等於圖一「是否去過實體書店」調查中的「無明確意見」者。而能看到「性別、年齡、居住地區、個人月收」這四項調查因素，則是對表一的概括理解。

　　選項C、D的敘述，都不是表一本身的訊息，選項C談的是「不去實體書店，可能因當地實體書店少」，選項D談的是「平均數」的計算本來就有其障蔽，兩者都是關於理解表一的後設討論，也引導學生反思：任何調查都不可能面面俱到，不能只憑表面訊息就「遽然斷定」，所以這兩個選項都屬於「反思文本內容」。

前文談過，OECD的「成人素養與生活技能調查」（ALL）分為「散文素養」、「文件素養」、「算術」、「問題解決」四個領域。在OECD出版的《Literacy for Life: Further Results from the Adult Literacy and Life Skills Survey（Second International ALL Report）》頁15，「文件素養」分為5個難度等級：

Level 1	此級別的任務，通常是依據表面文字的比對來確認一項訊息，基本上不會出現干擾因素。
Level 2	此級別的任務，會出現干擾因素，所以必須從一個文件的數個部分，經由反覆比對來確認訊息，或整合訊息。
Level 3	此級別的任務，必須從一個或好幾個文件，經由反覆比對來整合訊息。這些文件會包含不適用或無關任務的內容。
Level 4	此級別的任務，與 Level 3 相同，但需要更高程度的推論。任務中會有指定的條件，必須納入考量以確認訊息。
Level 5	此級別的任務，必須搜尋好幾個複雜的、包含干擾因素的文件，從中進行高程度的推論，並使用專門知識。

以下我們透過技專校院入學測驗中心的樣卷，選用其原始素材，編製幾個例題來說明。由於難度在Level 3以上的試題，可能涉及不只一個文件的閱讀，所以在甲表之外，另提供乙文備用。

品種	出品年	商品名	父本	母本	適製品項
台茶1號	1969	無	印度Kyang	青心大冇	紅茶、眉茶
台茶2號	1969	無	印度Jaipuri	大葉烏龍	紅茶、眉茶
台茶3號	1969	無	印度Manipuri	紅心大冇	紅茶、眉茶
台茶4號	1969	無	印度Manipuri	紅心大冇	紅茶、眉茶
台茶5號	1973	無	福州系天然雜交		綠茶、烏龍茶、白毫烏龍
台茶6號	1973	無	青心烏龍系天然雜交		綠茶、紅茶、白毫烏龍
台茶7號	1973	無	泰國Shan單株選拔		紅茶
台茶8號	1973	無	印度Jaipuri單株選拔		紅茶
台茶9號	1975	無	印度Kyang	紅心大冇	綠茶、紅茶
台茶10號	1975	無	印度Jaipuri	黃柑	綠茶、紅茶
台茶11號	1975	無	印度Jaipuri	大葉烏龍	綠茶、紅茶
台茶12號	1981	金萱	硬枝紅心	台農8號	包種茶、烏龍茶、紅茶等
台茶13號	1981	翠玉	台農80號	硬枝紅心	包種茶、烏龍茶、紅茶等
台茶14號	1983	白文	白毛猴	台農983號	包種茶
台茶15號	1983	白燕	白毛猴	台農983號	白毫烏龍、白茶
台茶16號	1983	白鶴	台農1958號	台農335號	龍井、包種花胚
台茶17號	1983	白鷺	台農1958號	台農335號	白毫烏龍、壽眉茶
台茶18號	1999	紅玉	台灣野生茶	緬甸Buma	紅茶
台茶19號	2004	碧玉	青心烏龍	台茶12號	包種茶
台茶20號	2004	迎香	2022品系	台茶12號	包種茶
台茶21號	2008	紅韻	祁門	印度Kyang	紅茶
台茶22號	2014	沁玉	青心烏龍	台茶12號	綠茶、包種茶、紅茶等
台茶23號	2018	①	祁門單株選拔		紅茶

台茶23號票選定名　瞄準年輕世代
2019年7月3日XX新聞網

　　去年9月由農委會茶葉改良場魚池分場育成的新品種「台茶23號」，是由日治時代臺北帝國大學教授山本亮在安徽祁門所採集的茶樹種子，經過數十年選育，其優點為水色橙紅明艷，氣味芬芳幽雅，且具甜花果香。

　　茶改場表示，紅茶品茗重視滋味和韻味。「紅玉」為大葉茶種，具薄荷、肉桂香氣，但入喉較澀，帶收縮感。祁門為小葉茶種，小葉茶種的滋味通常比大葉茶種淡，但台茶23號甘醇韻濃，有顯著花果香，又沒有大葉茶種的收縮感，將是繼「紅玉」、「紅韻」之後的市場生力軍。

　　茶改場在116周年場慶當天，為台茶23號舉行商品名票選活動，在「紅悅」、「祁玉」、「祁韻」及「紅祁」4個名字中，最後由「祁韻」雀屏中選。

Level 1例題

　　最簡單的Level 1試題，只有一個項目要查，幾乎沒有干擾因素。

⑴ 哪一個新品種茶，開始有商品名？

　　這題作答時，只要看「品種」、「出品年」、「商品名」三欄，就能看到台茶1號至11號皆無商品名，直到1981年出品的「台茶12號」，才開始有商品名。

Level 2例題

　　Level 2的試題，必須「從一個文件的數個部分，經由反覆比對來確認訊息，或整合訊息」，因此在訊息搜尋的跨度上會比Level 1試題大一些；在透過比對確認訊息時，會比Level 1試題多費一點工夫。

⑵ 適合製為白毫烏龍的台茶商品，命名用字的相同點為何？

　　這題作答時，可直接從23個商品的「適製品項」中，正確找到其中四個適合製為「白毫烏龍」的「台茶5號」、「台茶6號」、「台茶15號」、「台茶17號」，但有商品名的只有「台茶15號」與「台茶17號」，然後看到它們的名稱分別為「白燕」、「白鷺」，兩者在用字上的相同點是「白」。

⑶ 不同於臺灣品種的印度大葉種，是日治時期引進臺灣，藉以發展國際外銷。依據甲表，這些印度大葉種主要適合製成哪一種茶？

　　這題作答時，須先看「父本母本」欄，在「台茶1、2、3、4、9、10、11、21號」都出現印度茶葉品種，然後再看它們的「適製品項」，共同的交集為「紅茶」。

Level 3例題

　　Level 3的試題有較多干擾因素，「必須從一個或好幾個文件，經由反覆比對來整合訊息」，這些文件可能「包含不適用或無關任務的內容」。

⑷ 21世紀以「玉」為名的台茶商品，何者的適製品項不只一種？

　　這題作答時，首先要縮小範圍於「21世紀」出產的商品——「碧玉、迎香、紅韻、沁玉、祁韻」，如果沒注意到這個條件，只看到「以『玉』為名的台茶商品」，會誤把1981年的「翠玉」、1999年的「紅玉」也算進來。

　　21世紀出產的五項商品中，以「玉」為名的有兩項，其中「碧玉」只適合製為包種茶。所以，要找到答案「沁玉」，必須要透過三

個條件的篩選比對：(1) 21世紀是指2001年以後、(2) 商品名稱中要有「玉」、(3) 適製品項不只一種。

(5) 依據乙文，甲表①應填入的商品名為何？

　　乙文雖然介紹「台茶23號」，但有關名字的敘述僅在最後一段。這題作答時，須找到最後一段：「茶改場在116周年場慶當天，為台茶23號舉行商品名票選活動，在『紅悅』、『祁玉』、『祁韻』及『紅祁』4個名字中，最後由『祁韻』雀屏中選」，才能確認答案為「祁韻」。

Level 4例題

　　Level 4的試題，會比Level 3的試題「需要更高程度的推論」，或者「任務中會有指定的條件，必須納入考量以確認訊息」。

(6) 行政院農業委員會茶業改良場官網指出：「臺農8號」是日治時期育成的品種，由青心烏龍的實生苗選出，雖未正式推廣種植，卻是「重要的育種材料」。請依據甲表，說明「臺農8號」為什麼是「重要的育種材料」？

　　這題作答時，若只看「父本母本」欄，會看到「臺農8號」僅是「金萱」（台茶12號）的母本，似乎跟其他22個品種無關。但向下看會發現：「台茶12號」也是「台茶19號」、「台茶20號」、「台茶22號」的母本，亦即「臺農8號」是這三個品種的「外婆本」。要從這個層面解釋「臺農8號」是「重要的育種材料」，無疑需要「更高程度的推論」。

(7) 某款台茶品種的簡介是：「一般俗稱阿薩姆紅茶，由印度引進的大葉種單株選拔育成，口感特性很適合沖泡為奶茶。」請依據

甲表，先指出這款茶的品號為何？再依據乙文，說明它適合沖泡為奶茶的主要理由為何？

這題作答時，要先從「父本母本」欄找到符合「由印度引進的大葉種單株選拔育成」者，在23個品種中只有一種，即「台茶8號」，若只有這題，難度應是Level 1或Level 2，但要進一步解釋為何它的口感適合沖泡為奶茶，就要從乙文談及大葉種「較澀，帶收縮感」、「味道濃」（據文中「小葉茶種的滋味通常比大葉茶種淡」反推）來找答案。此一「更高程度的推論」，便推升了試題的難度。

Level 5例題

Level 5的試題被設定為難度最高，除了「必須搜尋好幾個複雜的、包含干擾因素的文件」，而且「進行高程度的推論」時，有可能「使用專門知識」。

(8) 乙文指出：「祁韻是繼紅玉、紅韻之後的市場生力軍」，請從「出品年」、「父本母本」、「適製品項」三方面，簡述這麼說的依據為何？

這題作答時，除了必須檢查相關欄位，還得推想「理由」是什麼。首先，「祁韻」是整個表格中最晚出現的商品，故單從「出品年」而言，必是繼1999年的「紅玉」、2008年的「紅韻」之後。

但在「祁韻」之前，有名稱的商品多達12項，為何不是繼「金萱」、「白鶴」或「迎香」之後，而獨獨只「繼紅玉、紅韻之後」呢？從「適製品項」一查可知：原來這三項商品，剛好都只適合製成紅茶。這是最關鍵的理由。

至於在「父本母本」方面，雖然「祁韻」與「紅玉」間看不出明顯相繼之處，但「紅韻」的「父本」也是「祁門」，就明顯與「祁韻」系出同門了。

同一個問題可以另製選擇題如下。作答時須檢核三個項目：一是從甲表找出「紅玉」、「紅韻」、「祁韻」都適合製成紅茶，故①正確。二是從乙文找出「『紅玉』為大葉茶種，……祁門為小葉茶種，小葉茶種一般滋味較淡，但台茶23號……」，可見三者並非都是小葉茶種，故②錯誤。三是細查乙文，只提到「台茶23號」是「茶改場魚池分場」育成，沒談到「紅玉」、「紅韻」是由哪裡育成——雖然三者「實際上」皆由茶改場魚池分場育成，但「文章裡」沒有提及，故③為「無法判斷」。這樣的試題把一般所想的「不正確」又做了區分：「無法判斷」是文章裡找不到線索研判對或錯，「錯誤」則是文章裡找得到線索確認為錯。要做這樣的區分，必須慎思明辨，頭腦清晰，所以難度甚高。

(9) 乙文提及「台茶23號」是「繼紅玉、紅韻之後的市場生力軍」，若原因歸納為下列三項，則依據甲表、乙文，正確的研判是：

① 三者都適合製成紅茶

② 三者都屬於小葉茶種

③ 三者都由茶改場魚池分場育成

	①	②	③
(A)	正確	正確	錯誤
(B)	正確	錯誤	無法判斷
(C)	錯誤	錯誤	正確
(D)	錯誤	錯誤	無法判斷

上述Level 1至Level 5，主要是從任務的複雜度和干擾因素的多寡來設想難易度。除此之外，還有其他因素會影響試題的難易度。例如NAEP閱讀評量對於「訊息文本」（Informational text）的「程序文本與文件」（Procedural texts and documents），把地圖、時間軸、圖形、圖表等列為4年級適用，食譜、藥方、時程表等列為8年級適用，申請書、產品說明、合同契約等列為12年級適用，便是從「文本類型」來設想難易度。這和上述ALL的方法不但不衝突，還可以搭配並用。

逛逛
「非連續文本」
考試專櫃

PART 4

長條圖常相遇

可能是「長條圖」簡明易懂吧，在國內考試機構的試卷裡，「長條圖」已經好幾次出現於寫作試題：107和108學測、104四技統測、103高級中等學校特色招生考試。

這些「長條圖」在寫作測驗裡自然有其限制性——學生必須使用所提供的資料，甚至得整理、解釋資料。但試題有時也期望這些資料能觸發多元的想法，例如103特招的「使用網路對青少年的影響意見調查」，內容利弊並陳，但到底是利是弊，也看詮釋角度而定，例如「獲得更多元的娛樂方式」，就可理解為紓壓，也可理解為放縱。或如104四技統測，雖提供「你對哪些事情最有行動力」的調查結果，最終也是希望學生「進一步提出你對行動力的理解、感想或看法」，可以完全超出圖表所列的「前五名」來談論。

我們看一下107學測國寫問題（一）：

> 有甲生根據上述的實驗結果主張：「人們比較會記得資訊的儲存位置，而比較不會記得資訊的內容。」請根據上圖，說明甲生為何如此主張。

如果不是題目這麼說，一般人不會立刻把這四個柱狀數據分析拆解，重新組合成：「能記得內容者」大約27%，「不能記得內容者」大約68%，「能記得位置者」和「不能記得位置者」的比例差不多（均約47%），然後自己推出「人們比較會記得位置，比較不會記得內容」的

結論。這表示：閱讀「非連續文本」，相當依靠文本以外的提示。沒有提示，我們可能不知道該看哪裡，要從哪裡做判斷或推論。

因此，或許有人認爲「先看題目再讀文章」並非作答正途，但對「非連續文本」而言，經常是若不先看題目，一望圖表必然覺得「滿天全金條，欲捎沒半條」。

110會考16題和107會考第4題，都是讓學生依據選項敘述，回到圖表中去「較長論短」。106年會考22題的「長條圖」較爲特別，考的是否定表述——「沒有一個人從不……」就意謂「每一個都……」，「只有少數人沒……」就意謂「絕大多數都……」。學生在圖表上「較長論短」時，不是觀察指定的外在對象，而是推敲語言本身。

107指考10題和110指考31題，都是題組裡的其中一題。前者是就閱讀素材的「長條圖」（第四屆移民工文學獎的菲律賓、越南、泰國、印尼文投稿件數）設定問題——注意推論①：「按四種文字投稿件數多寡，以相同的比例來給獎」，必須對照「得獎名單」，再用一點數學運算能力，才能得到答案。後者是就衛湜《禮記集說》引陳祥道的敘述，把大同世與小康世「有所輕重淺深」、「其所爲主者異矣」的論點，以「長條圖」來做「可視化」的表達。

107學測（國寫）1

自從有了電腦、智慧型手機及網路搜尋引擎之後，資訊科技的發展改變了人類大腦處理資訊的方式。我們可能儲存了大量的資訊，卻來不及閱讀，也不再費力記憶周遭事物和相關知識，因爲只要輕鬆點一下滑鼠、滑一下手機，資訊就傳到我們面前。

2011年美國三位大學教授作了一系列實驗，研究結果發表於《科學》雜誌。其中一個實驗的參與者共有32位，實驗過程中要求每位參與者閱讀30則陳述，再自行將這30則陳述輸入電腦，隨機儲存在電腦裡6個已命名的資料夾，實驗中沒有提醒參與者要記憶檔案儲存位置（資料夾名稱）。接著要求參與者在10分鐘內寫出所記得的30則陳述內容，然後再進一步詢問參與者各則陳述儲存的位置（資料夾名稱）。實驗結果如圖1：

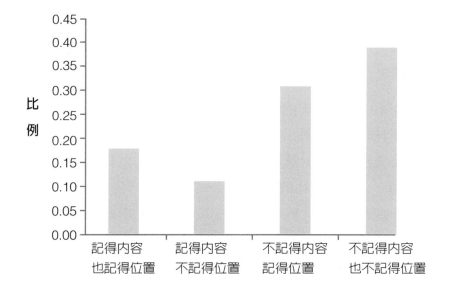

請分項回答以下問題。

　　問題（一）：有甲生根據上述的實驗結果主張：「人們比較會記得資訊的儲存位置，而比較不會記得資訊的內容。」請根據上圖，說明甲生為何如此主張。文長限80字以內（至多4行）。

　　問題（二）：二十一世紀資訊量以驚人的速度暴增，有人認為網路資訊易於取得，會使記憶力與思考力衰退，不利於認知學習；也有

人視網際網路爲人類的外接大腦記憶體，意味著我們無須記憶大量知識，而可以專注在更重要、更有創造力的事物上。對於以上兩種不同的觀點，請提出你個人的看法，文長限400字以內（至多19行）。

108學測（國寫）1

糖對身體是有好處的，運動過後或飢餓時，適當地補充糖會讓我們迅速恢復體力。科學研究也發現，大腦細胞的能量來源主要來自葡萄糖，當血糖濃度降低時，大腦難以順利運轉，容易注意力不集中，學習或做事效果不佳。不過，哈佛醫學院等多個研究機構指出，高糖飲食會增加罹患乳癌及憂鬱症等疾病的風險；世界衛生組織也指出，高糖飲食是造成體重過重、第二型糖尿病、蛀牙、心臟病的元兇，並建議每日飲食中「添加糖」的攝取量不宜超過總熱量的10%。以每日熱量攝取量2000大卡爲例，也就是50公克糖。我國國民健康署於民國103年至106年的「國民營養健康狀況變遷調查」中，有關國人飲用含糖飲料的結果如圖1、圖2所示。

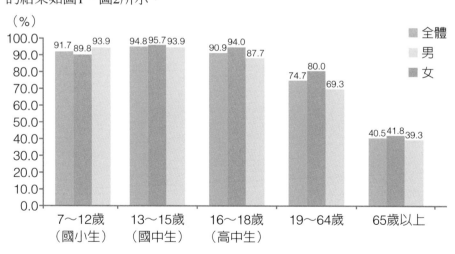

圖1 國人每週至少喝 1次含糖飲料之人數百分比

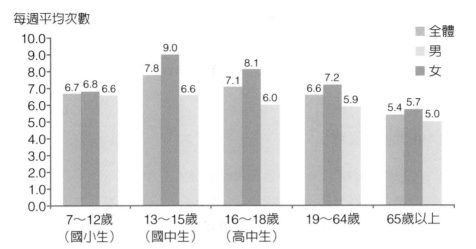

每週平均次數

圖2 國人每週至少喝 1次含糖飲料者，其每週平均喝的次數

請分項回答下列問題。

　　問題（一）：國民健康署若欲針對18歲（含）以下的學生進行減糖宣導，請依據圖1、圖2具體說明哪一群體（須註明性別）應列為最優先宣導對象？理由為何？文長限80字以內（至多4行）。

　　問題（二）：讀完以上材料，對於「中、小學校園禁止含糖飲料」，你贊成或反對？請撰寫一篇短文，提出你的看法與論述。文長限400字以內（至多19行）。

每個人都有夢想。夢想要成真，就要有行動力；行動力在哪裏，夢想就到哪裏。所謂的「坐而言，不如起而行」，說的就是這個道理。以下有一份針對臺灣青年所進行的「青年行動力大調查」，請先參閱這份資料，再依方框內的指示進行寫作。

※「你對哪些事情最有行動力」前五名（可複選）：享受美食與旅行（44％）、和家人朋友相聚（36％）、探索新奇事物（31％）、職場上力求表現（30％）、發展興趣（27％）。

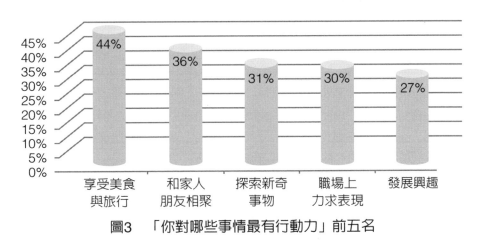

圖3　「你對哪些事情最有行動力」前五名

看完以上資料後，請以下列形式，書寫一篇完整的文章（不必訂題目）：

⑴ 第一段請整體分析上列「你對哪些事情最有行動力」的調查結果，簡要提出臺灣青年在最有行動力展現上的普遍傾向。

⑵ 第二段及其以後，請以第一段所提出的普遍傾向為基礎，先論述形成這種傾向的可能原因；再以個人經驗或社會觀察，進一步提出你對行動力的理解、感想或看法。

103高級中等學校特色招生考試（國文二）

小文的父母看到某雜誌刊登了一份「使用網路對青少年的影響意見調查」，並基於其中部分訊息（參考圖一），要求小文減少上網時間。但小文認為，如果用不同的方式解讀這份資料，或許能改變父母的想法。

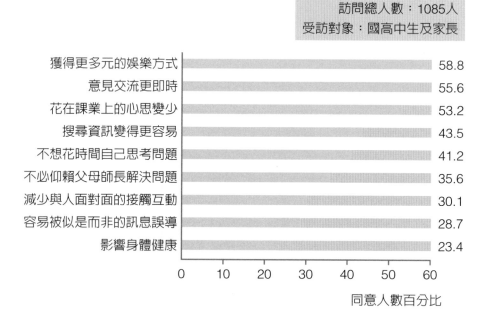

訪問總人數：1085人
受訪對象：國高中生及家長

項目	同意人數百分比
獲得更多元的娛樂方式	58.8
意見交流更即時	55.6
花在課業上的心思變少	53.2
搜尋資訊變得更容易	43.5
不想花時間自己思考問題	41.2
不必仰賴父母師長解決問題	35.6
減少與人面對面的接觸互動	30.1
容易被似是而非的訊息誤導	28.7
影響身體健康	23.4

圖1 使用網路對青少年的影響意見調查

請參考這份資料及相關見聞，以小文的身分寫一封信，同時考慮父母與自己的立場，嘗試說服父母改變原來的要求。

※請以「親愛的爸爸」或「親愛的媽媽」為開頭，信末一律以「小文敬上」作結，不需使用其他書信用語（敬語、問候語、日期等）。

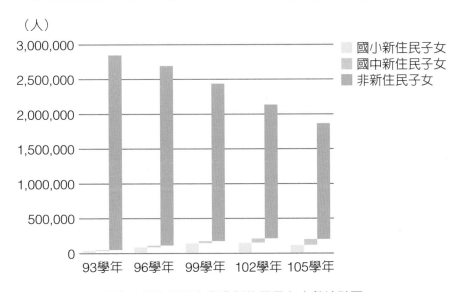

國中小新住民子女與非新住民子女人數統計圖

根據這張圖表，下列敘述何者錯誤？

（A）國中小學生總人數漸趨下降

（B）國小新住民子女人數漸趨上升

（C）國中新住民子女所占比例漸趨上升

（D）國中小非新住民子女所占比例漸趨下降

以下圖表，是某年經濟合作與發展組織（OECD）針對各國各階段教育每人所分得經費的調查結果：

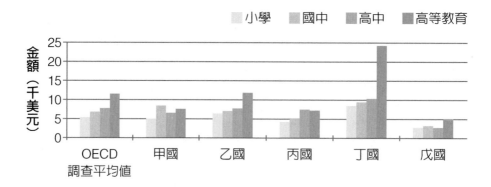

根據這張圖表，下列敘述何者正確？

（A）甲國小學生所分得的教育經費高於OECD調查平均值

（B）丙國國中生所分得的教育經費高於OECD調查平均值

（C）各國高等教育學生所分得的經費皆多於其他階段學生

（D）相較於其他國家，丁國高中生所分得的教育經費最高

周老師在黑板上寫道：「天下沒有一個人從不羨慕別人，只有少數人從沒被別人羨慕過。」她請學生以圖表來表示這句話，下列哪一張圖表最恰當？

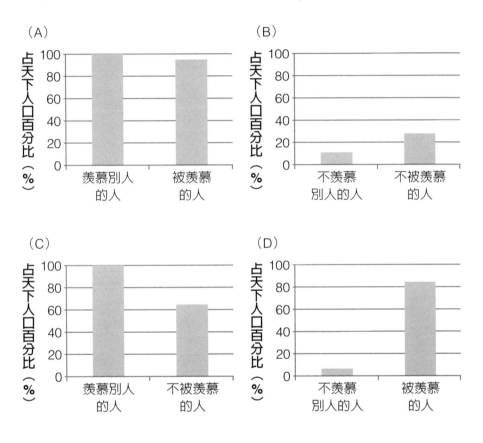

甲

2017第四屆移民工文學獎得獎名單

首獎	塞車：在菲律賓生活的乘客們（菲律賓）
評審獎	一碗紅彈珠裡的思念（印尼）
	郵差和寄給媽媽的信（印尼）
優選	珠和龍舟（印尼）
	代步機（印尼）
青少年 評審 推薦獎	來自鐵柵欄後的思念信（印尼）
	紅色（印尼）
	窮人的呼聲（菲律賓）
高雄 特別獎	雨的氣味（越南）

 乙

投稿件數

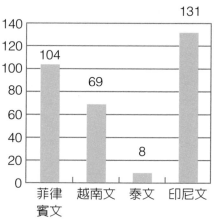

 丙

　　珠說得對，不必對未來感到迷惘。我知道我在臺灣所賺的錢，不能保證我家人的未來會好好的，但就如珠所說的，若有上帝的照顧，我還擔心什麼呢？

　　雇主對我做的決定感到驚訝，但我向他們保證，一定會找到比我更好的代替者。他們最終同意我的決定，這個月便是我工作的最後一個月。

　　「這是我們最後一年看龍舟賽了。」我呼喚珠。「以後一定會很想念的。」

　　「我們可以以遊客身分再回臺灣看啊！」珠說。「不要啦！」我搖頭。

　　「珠，知道到達妳國家最便宜的交通工具是什麼嗎？」

　　「是什麼？」珠問。「龍舟呀！」

「哈哈……好吧，我們搭龍舟回去。」珠以大笑回答我的玩笑。

我想跟珠說一句在讀國小時就聽過的諺語，但我打消這念頭。我想，如果不是珠也知道那諺語的道理，她一定會繼續留在臺灣。事實上，她選擇回國，對未來仍然存在著許多問號，但「＿＿＿＿＿＿＿＿」，我相信，她一定也跟我有相同的體會。（改寫自Safitrie Sadik著，鍾妙燕譯〈珠和龍舟〉）

若依據甲表、乙圖進行下列推論，則對①、②、③最適當的判斷是：

① 為求公平，主辦單位按四種文字投稿件數多寡，以相同的比例來給獎。

② 就「篇名」來看，獲獎的作者大多透過具體物象展開敘寫。

③ 四種文字投稿件數多寡，反映菲、越、泰、印尼在臺移工人數的多寡。

（A）①正確；②正確；③錯誤

（B）①錯誤；②正確；③無法判斷

（C）①錯誤；②無法判斷；③正確

（D）①無法判斷；②正確；③錯誤

清代孫希旦認為「故
謀用是作,而兵由此
起」應前移至此處

甲

今大道既隱,天下為家,各親其親,各子其子,貨力為己。_____大
人世及以為禮,城郭溝池以為固,禮義以為紀;以正君臣,以篤父子,
以睦兄弟,以和夫婦,以設制度,以立田里,以賢勇知,以功為己。
故謀用是作,而兵由此起。㋐禹、湯、文、武、成王、周公,由此其選
也。㋏此六君子者,未有不謹於禮者也。㋑以著其義,以考其信,著有
過,刑仁講讓,示民有常。㋒如有不由此者,在執者去,眾以為殃。是
謂小康。(《禮記‧禮運》)

乙

夫大道之行,天下為公而與人;大道既隱,天下為家而與子。與人、
與子固出於天,聖人所以順天而趨時也。然其為公者非不家之,以為
公者為主;為家者非不公之,以為家者為主。至於不獨親其親,不獨子
其子,貨力不必藏於己,非無所別也;各親其親,各子其子,貨力為
己,非無以待人也,亦其所為主者異矣。選賢與能,講信脩睦,六君子
非不由之;禮義以為紀,堯舜非不用之;特其有所輕重淺深,煩簡之不
一耳。蓋上世之選賢,則一於德而已;後世之選賢,則有及於勇知。上
世之信,則出於精誠之中;而後世之信,則見於作誓作會之際。上世之
睦,則和光同塵而有餘;後世之睦,則魚沫呴濡而不足。上世則有道德
以為綱,而不止於禮義之紀;後世則禮義以為紀,而有失於道德之綱
也。(衛湜《禮記集說》引陳祥道說)

下列示意圖，最接近乙文觀點的是：

（A）上世的天下繼承態度　（B）後世的社會安定之道

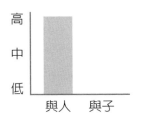

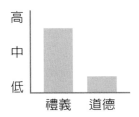

（C）後世的人們相處原則　（D）上世的選賢所重條件

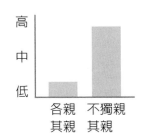

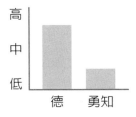

「直田積八百六十四步,且云『闊(寬)』少『長』十二步,問『長』、『闊』幾何?」上引是古代《算學寶鑑》中的一道數學題目,下列關於這道題目的理解,正確的選項是:

(A)這道題目是問:面積八百六十四單位的田地,長、寬相差多少

(B)問題中的「少」,與「始吾幼且少,為文章以辭為工」的「少」同義

(C)若假設「長」為X單位,「闊」就是(X+12)單位

(D)若假設「闊」為X,可將問題改為方程式「X(X+12)=864」進行求解

數學是國語文考試經常跨足的學科?這似乎有點讓人難以置信,但92學測曾出現過上面這題,正答為D,如果學生從未接觸過方程式,一定不知道X(X+12)=864是什麼意思。

在國內考試機構的「非連續文本」試題裡,難免因為圖表裡有數字,而把部分作答歷程埋在數字運算裡——當然,都僅止於基本的算術。例如107會考36題,要判斷選項B:從「東、西德各自建國」到「德國統一」有沒有「超過四十年」?必須從圖表中找出1990減去1949,才知道確實超過四十年。又如108學測第4題,雖然「國防航太

業的三年總需求量最大」、「航空業有逐年增量的趨勢」、「教育程度均須具備大專以上」、「半數以上的職缺須具工程及工程業專長」都只要看一下數字就好，但選項B「超過八成的應徵者具有兩年以上的工作年資」，一時不慎而誤入歧途的學生，恐怕會把「工作經驗需求」欄的「5年以上38.5%」和「2～5年46.1%」相加，合計84.6%——殊不知「工作經驗需求」是資方開的條件，「應徵者的工作年資」是勞方所具的條件，兩者完全不同，根本用不著計算。

110學測15題選項D要用一點簡單的除法——《梅苑》每位詞人的獲選作品平均量是421÷82約為5.13，但《梅苑》選了李清照詞18首；《樂府雅詞》每位詞人的獲選作品平均量是923÷95約為9.72，但《樂府雅詞》選了李清照詞23首。所以如果單就「每位詞人的獲選作品平均量」來看，李清照詞在這兩本書中都明顯超出這個基準，算是頗受二書編者的青睞。

除了算術，這類試題也會藉二維座標來探討兩個變量的相關性。例如108學測19題正答A，表示「人口數量」與「玉米產量」呈正相關。又如98一次基測第7題的選項A、D，均表示「修身」與「治國」呈負相關。

110會考補考第2題出現以「時間」為X軸、「速率」為Y軸的座標，座標上顯示的是兩種加速度運動——「人類適應變化的速率」是單位時間內的速度變化量相等的「等加速度運動」，「科技發展的速率」是單位時間內的速度變化量不相等的「變加速度運動」。這是物理，但若有數值，也可以按公式求速度。

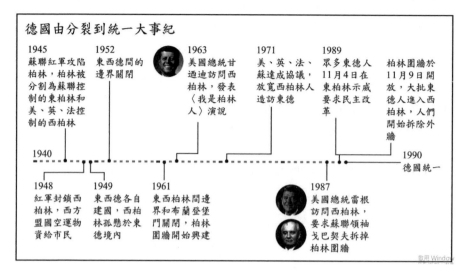

德國由分裂到統一大事紀

1945
蘇聯紅軍攻陷柏林，柏林被分割為蘇聯控制的東柏林和美、英、法控制的西柏林

1952
東西德間的邊界關閉

1963
美國總統甘迺迪訪問西柏林，發表〈我是柏林人〉演說

1971
美、英、法、蘇達成協議，放寬西柏林人造訪東德

1989
眾多東德人11月4日在東柏林示威要求民主改革

柏林圍牆於11月9日開放，大批東德人進入西柏林，人們開始拆除外牆

1940

1990
德國統一

1948
紅軍封鎖西柏林，西方盟國空運物資給市民

1949
東西德各自建國，西柏林孤懸於東德境內

1961
東西柏林間邊界和布蘭登堡門關閉，柏林圍牆開始興建

1987
美國總統雷根訪問西柏林，要求蘇聯領袖戈巴契夫拆掉柏林圍牆

根據這張圖表，下列敘述何者正確？

（A）東、西德統一後，開始拆除柏林圍牆

（B）東、西德從各自建國到統一超過四十年

（C）蘇聯紅軍占領柏林後就開始興建柏林圍牆

（D）柏林圍牆拆除後，西柏林人始能造訪東柏林

下表摘自國家發展委員會於107年彙整的「107～109年重點產業人才供需調查及推估」報告。依據這份國防類產業需求調查，下列敘述最適當的是：

國防類產業	新增需求人數			
	107年	108年	109年	107～109年平均
1　國防航太業	696	301	113	370
2　國防船艦業	183	105	95	128
3　航空業	430	440	460	443

教育背景需求				工作經驗需求	
教育程度	百分比（%）	學門	百分比（%）	年資	百分比（%）
碩士以上	41.0	工程及工程業	56.5	5年以上	38.5
大專	59.0	資訊通訊科技	23.2	2～5年	46.1
高中以下	0.0	商業及管理	13.0	2年以下	12.8
		法律、語文	7.3	不限	2.6

（A）國防航太業的三年總需求量最大，但航空業有逐年增量的趨勢

（B）觀察107～109年的狀況，超過八成的應徵者具有兩年以上的工作年資

（C）教育程度均須具備大專以上，半數以上的職缺須具工程及工程業專長

（D）提供給商業管理、法律、語文科系畢業者的職缺較少，但年資門檻也較低

時代	詞選名	選錄女詞人數	女詞人作品數	入選率高的宋代女詞人及作品數				【備註】 * 該書選錄詞作總數／該書選錄非佚名詞人總數 # 該書所錄李清照、朱淑真詞作歸屬存疑篇數
				李清照	朱淑真	孫夫人	魏夫人	
南宋	《梅苑》	1	18	18				* 421首／82人
	《樂府雅詞》	2	33	23			10	* 923首／95人
	《草堂詩餘》	3	13	10		2		
	《唐宋諸賢絕妙詞選》	10	29	8		5	7	選錄「閨秀」1卷
明代	《類編草堂詩餘》	3	15	9		5		# 李2首
	《詞的》	6	18	8	2	5		# 李2首
	《花草粹編》	52	147	43	23	8	11	# 李9首；朱5首
	《古今詞統》	30	62	15	5	5	3	# 李6首；朱2首

關於上表內容的探究，最適當的是：

（A）從四本明代詞選的備註「#」可知，部分繫名為李清照的詞作，真正作者是朱淑真

（B）南宋詞選偏好孫夫人、魏夫人詞作的情況，到明代有所轉變，二位詞人的地位改由朱淑真取代

（C）《唐宋諸賢絕妙詞選》肯定女詞人，「閨秀」卷共收錄十位女詞人詞作，每位至少選錄二首作品

（D）參考備註「*」推算《梅苑》、《樂府雅詞》中每位詞人的獲選作品平均量，可對照出李清照詞頗受二書青睞

　　玉米是印地安人送給世界的禮物。歐洲人初抵美洲之際，那裡已有各型玉米作物。比起舊世界農作物，玉米恰好位於稻米和小麥的生長帶之間，在稻米嫌太乾或小麥嫌太濕的區域，皆有良好收成。玉米田單位面積產量幾乎是小麥田兩倍。少有作物及得上玉米，短短一個生長季就能提供大量碳水化合物和脂肪。

　　歐洲人接納玉米較晚，或許是1550年代至18世紀，歐洲進入一段相對寒冷期。也或許是多數歐洲人一向同意英國博物學家蓋瑞德的看法，他在1597年寫道：「雖然印地安民族迫於所需，認為玉米是很好的食物，但我們仍可輕易判定：它的營養成分有限，不易甚至不利消化，比較適合當豬食而不是給人食用。」

　　16世紀的歐洲有許多地方栽植玉米，但做為廣大地區的主食，大約已是下個世紀後期。約翰‧洛克1670年代提到：「法國南部好幾處都有玉米田，農民稱之為『西班牙小麥』，他們告訴我是給窮人做麵包吃的。」到了18世紀，玉米已經成為法國南部飲食的基本元素。我們姑且大膽猜測：或許它曾在法國人口重新成長的過程扮演重要角色──18世紀前數十年，法國人口曾明顯衰減。西班牙人口曾在17世紀減少，18世紀開始回增；在波河谷地種植玉米的義大利，17世紀下半期人口也曾衰減，之後又回增。這些地中海區人口的消長，應該和玉米有關。

　　今日，玉米對東南歐的重要性更勝於西南歐。隨著人口增加，玉米及其他美洲作物如馬鈴薯、美國南瓜的栽種也逐漸擴張。18世紀以前，玉米在羅馬尼亞並無地位，19世紀後幾十年，羅馬尼亞人投注心力和倚賴玉米幾乎不亞於墨西哥人。他們種小麥也種玉米，前者出

口，後者自用。玉米和小麥搭配輪種，成效良好，使羅馬尼亞成為歐洲一大穀倉。

依賴玉米為主食的程度，正隨著人口壓力一起減低，但過往的影響仍在。美國人類學者郝平恩在《塞爾維亞一村落》提到，奧拉撒奇當地比較窮困的農民還是吃玉米而非小麥做的麵包，他們僅有的幾畝地，也是種玉米而非小麥，因為＿＿＿＿＿＿。順便一提：奧拉撒奇農家菜園裡那一畦畦的青椒、番茄、四季豆、美國南瓜，應該會讓印地安老兄備感親切。（改寫自克羅斯比《哥倫布大交換：1492年以後的生物影響和文化衝擊》）

下列各圖呈現的因果（橫軸表因，縱軸表果）關係，最符合上文敘述的是：

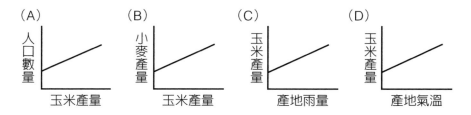

(A) 人口數量 / 玉米產量
(B) 小麥產量 / 玉米產量
(C) 玉米產量 / 產地雨量
(D) 玉米產量 / 產地氣溫

98基測一7　　→B

周老師教到《大學》中的這段話：「古之欲明明德於天下者，先治其國；欲治其國者，先齊其家；欲齊其家者，先脩其身。」她請四位學生根據文意，以圖形來表示脩身和治國之間的關係，下列哪張圖形最恰當？

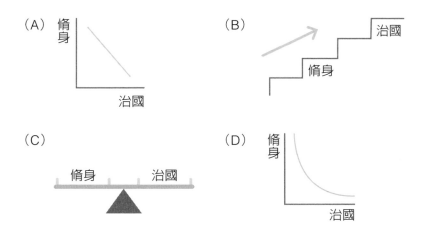

根據下圖，下列說明何者最恰當？

（A）A點反映現在科技發展的速率

（B）B點反映現在人類適應變化的速率

（C）人類未來的適應力終將追上科技發展的速率

（D）現在科技發展的速率已超過人類適應變化的速率

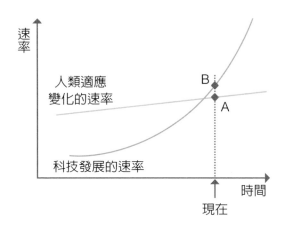

在國內考試機構的試卷裡，「位置圖」幾乎都出現在選項，目的是考察學生能否將描述空間的文字轉換為對應的圖像。在這類試題中，地理方位（東南西北）通常被視為先備知識。

以108會考20題為例，學生須知道圖中的「N」意謂北方。依據文中「由東向西行」，可推知「乙→丙」這條支流是「瓦里蘭溪」，「乙」是「初雲風景區」。又依文中「另兩條支流皆發源於高土山『北麓』」，可推知圖底端（最南邊）的「甲」是「高土山」。這題除了地理方位外，何謂「支流」也是先備知識。

下面列舉的試題中，98二次基測40題、109指考20題、110四技統測33題均是從題組摘錄其一，原題組尚有其他試題。

108會考20 →C

藍水溪是青水溪最大的支流，它有三條支流，最大支流瓦里蘭溪發源自初雲風景區，上、下游海拔落差達1500公尺，由東向西行，沿路形成乾坤峽谷等特殊景點，溪水來到日月鎮光明里，匯進藍水溪。另兩條支流皆發源於高土山北麓，在依蘇坪相匯。洛瑪颱風之後，沿瓦里蘭溪河谷，多處著名觀光景點被強大洪水更動了原貌，著名的乾坤峽谷也被沖毀變形。

右圖顯示藍水溪及其支流的位置。根據上述文字，圖中甲～丁的標示何者正確？

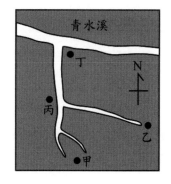

（A）甲：初雲風景區

（B）乙：高土山

（C）丙：光明里

（D）丁：依蘇坪

109會考7　　　　　　　　　　　　　　　　→B

「宋朝根據房門的位置來確定座次貴賤。面向房門的座位最尊貴，若無長輩就讓它空著。長輩左手的那邊是主人位，右手邊是客人位，長輩對面是副陪的位置，坐在那裡方便傳菜斟酒。」小秦到朋友大蘇家作客，爸爸老蘇和弟弟小蘇同席，下列圖示座次，何者最符合這段文字的敘述？

（A）

（B）

（C）

（D）

　　成都自上元至四月十八日，遊賞幾無虛辰。使宅後圃名西園，春時縱人行樂。

　　初開園日。酒坊兩戶各求優人之善者，較藝於府會，以骰子置於合子中撼之，視數多者得先，謂之「撼雷」。自旦至暮，為雜戲一色。坐於閱武場，環庭皆府官宅看棚。棚外始作高凳，庶民男左女右，立於其上如山。每諢一笑，須筵中閧堂，眾庶皆噱者，始以青紅小旗各插於墊上為記，至晚較旗多者為勝。若上下不同笑者，不以為數也。（莊綽《雞肋編》卷上）

文中觀眾的位置配置，最可能是下列何者？

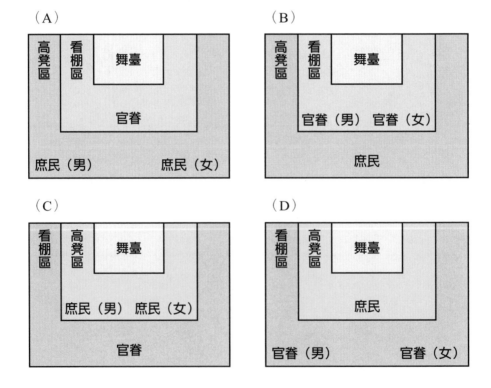

　　（黛玉從揚州來賈府，到了榮國府大門）卻不進正門，只進了西邊角門。那轎夫抬進去，走了一射之地，將轉彎時，便歇下退出去了。後面的婆子們已都下了轎，趕上前來。另換了三四個衣帽周全十七八歲的小廝上來，復抬起轎子。眾婆子步下圍隨，至一垂花門前落下，眾小廝退出，眾婆子上來打起轎簾，扶黛玉下轎。林黛玉扶著婆子的手，進了垂花門，兩邊是抄手遊廊，當中是穿堂，當地放著一個紫檀架子大理石的大插屏。轉過插屏，小小的三間廳，廳後就是後面的正房大院。正面五間上房，皆雕梁畫棟。……

　　（黛玉見過外祖母賈母後，將隨大舅母邢夫人往見大舅父賈赦）大家送至穿堂前，出了垂花門，早有眾小廝們拉過一輛翠幄青綢車，邢夫人攜了黛玉，坐在上面，眾婆子們放下車簾，方命小廝們抬起，拉至寬處，方駕上馴騾，亦出了西角門，往東過榮府正門，便入一黑油大門中，至儀門前方下來。眾小廝退出，方打起車簾，邢夫人攙著黛玉的手，進入院中，黛玉度其房屋院宇，必是榮府中花園隔斷過來的。進入三層儀門，果見正房廂廡遊廊，悉皆小巧別致，不似方才那邊軒峻壯麗。……

　　（邢夫人遣人送黛玉往見二舅父賈政）於是黛玉告辭，邢夫人送至儀門前，又囑咐了眾人幾句，眼看著車去了方回來。一時黛玉進了榮府，下了車，眾嬤嬤引著，便往東轉彎，穿過一個東西的穿堂，向南大廳之後，儀門內大院落，上面五間大正房，兩邊廂房，鹿頂耳房鑽山，四通八達，軒昂壯麗，比賈母處不同，黛玉便知這方是正經正內室，一條大甬路，直接出大門的。進入堂屋中，抬頭迎面先看見一個赤金九龍青地大匾，匾上寫著斗大的三個大字，是「榮禧堂」。

（《紅樓夢》第3回）

榮國府宅院若依上文大致圖示為甲、乙、丙三處，其主人依序應是：

（A）賈母／賈政／賈赦
（B）賈母／賈赦／賈政
（C）賈赦／賈母／賈政
（D）賈赦／賈政／賈母

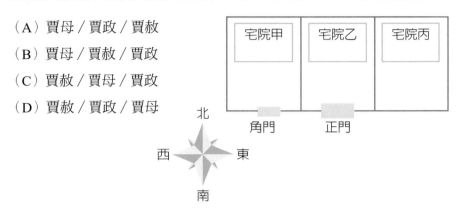

110四技統測33 →A

　　同樣是命運之神，〈少司命〉比「紛總總兮九州，何壽夭兮在予？」的〈大司命〉更貼近尋常兒女的悲歡人生。詩中巫對神的追求，極盡低迴婉轉、纏綿悱惻。她尤其喜愛「滿堂兮美人，忽獨與余兮目成」句，彷彿茫茫人海藏著看不見的線索，那命中注定要經歷情事的兩人，無須繁複的鋪排、費盡唇舌的鼓吹，於滿堂人群之中，□□□□。（簡媜《我為你灑下月光》）

　　少司命祠前臨汨羅江處搭起一座高臺，高臺對岸是祭壇，人群圍在四周恭敬奉上祭品。兩邊樓船各一，左為男祝，右為女祝。羋月與黃歇各自上了樓船。當羋月換好荷衣，頭戴蘭冠，樓船已馳近高臺。

　　羋月率眾女拾階而上，對面黃歇也率眾男登臺。羋月與黃歇雖然情愫暗生，卻從未似這般站在人前，她且畏且喜，內心複雜萬分。巫

祝們就位後，齊聲歌舞迎神：「秋蘭兮蘼蕪，羅生兮堂下。綠葉兮素華，芳菲菲兮襲予」，高臺蘭蕪香氣瀰漫，華服男女揮灑繽紛落英，如仙如幻。之後是由貴族男女扮演的大司命與少司命降臨人間：「秋蘭兮青青，綠葉兮紫莖。滿堂兮美人，忽獨與余兮目成」，原本遙遙相對的羋月與黃歇，在眾人簇擁下緩緩走近，長袖相合，四目含情，當真是「獨與余兮目成」。瞬時她覺得與他宛如天上神祇，相遇相知，塵世紛擾不過是過眼雲煙。

　　人群中，秦王駟也遠遠看著。他雖來得晚些，卻正趕上「滿堂兮美人，忽獨與余兮目成」這一節。他沒想到九公主跳祭舞竟有神靈附體般的魔力，與先前判若兩人，萬物彷彿因她而失色。他心底湧上一個念頭：「若這次聯姻楚國的公主是她便好了」。（改寫自蔣勝男《羋月傳》）

依據乙文的描寫，下列圖示何者正確？

（A）

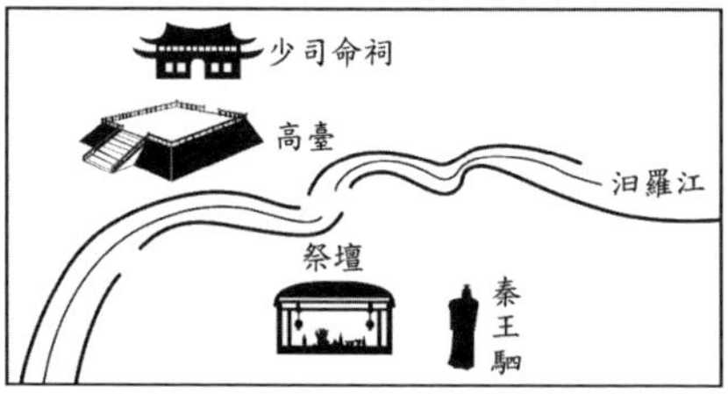

（B）

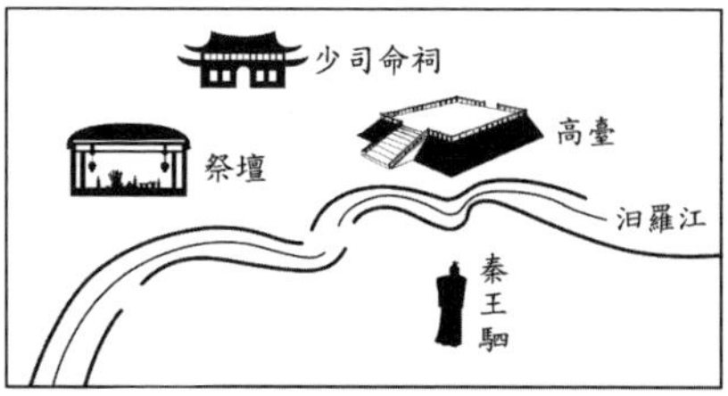

（C）

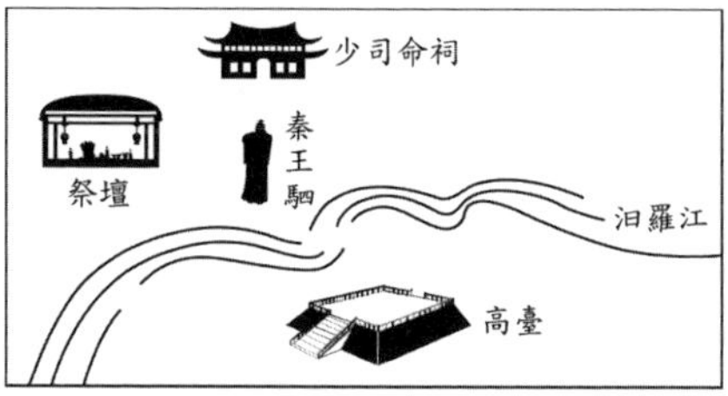

（D）

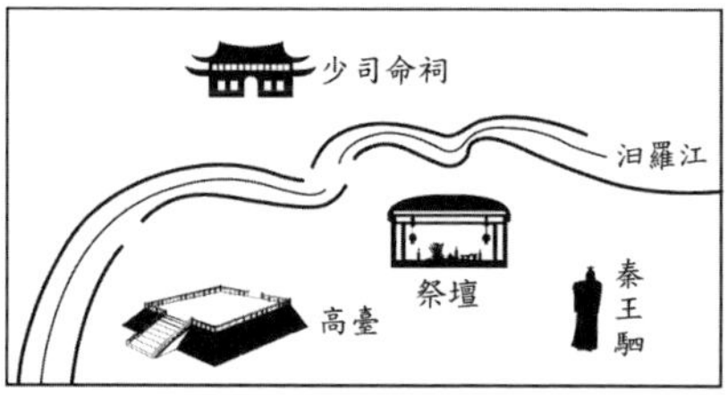

4-4 檢視擬設案例

　　「檢視擬設案例」應該是「非連續文本」很容易被想到的出題方式。試題通常以一個「非連續文本」當憑據端，再提供一個或數個擬設的案例當待驗端，學生的任務是去檢視這個（些）案例，看看是否符合憑據端所列舉的條件。做為憑據端的「非連續文本」若比較複雜，通常會編製為題組——先讓學生理解憑據端本身，再讓學生檢視待驗端的擬設案例，下面所舉的109會考補考40-41題、110會考補考37-38題皆是如此。

　　也可能憑據端是「連續文本」，陳述了一些條件，而待驗端是以「非連續文本」樣式出現的擬設案例。例如下面所舉的108會考42題、106四技統測22題（這兩題均是從題組摘錄其一，原題組尚有其他試題）。

　　以107四技統測14題為例，憑據端為「非連續文本」，透過《南方四賤客》、《星艦迷航記》、《哈利波特》裡的角色，說明「甲、西方文化常見的領袖」具有哪些特質、「乙、西方文化常見的副手」具有哪些特質，然後再讓學生推斷《西遊記》裡的孫悟空是否符合「甲型人物」？沙僧是否符合「乙型人物」？但學生並不需要預先記誦孫悟空、沙僧是什麼樣的人，而是藉由《西遊記》裡的描寫，獲悉孫悟空、沙僧的性格表現。所以整個試題，憑據端本身就需要歸納整合，待驗端也需要一樣的功夫，學生無法單靠「提取訊息」就進行雙邊比對，閱讀層次高，挑戰度也高。

甲、西方文化常見的領袖

	《南方四賤客》的阿ㄆㄧㄚˇ	性格偏激，但能運用譎智機巧，出奇制勝。	
	《星艦迷航記》的寇克船長	富冒險精神，用駭客手法破解通關陷阱。	在華人文化較受質疑
	《哈利波特》的哈利波特	會視狀況打破規則，常靠幸運和機敏破解難題。	

乙、西方文化常見的副手

	《南方四賤客》的凱子	有較高的道德標準，靠邏輯解決問題。	
	《星艦迷航記》的史巴克大副	穩健忠實，不冒進，認為規矩不應違反。	在華人文化較受肯定
	《哈利波特》的妙麗	學科成績優秀，靠知識與理性解決問題。	

某位老師從《西遊記》找出「孫悟空、沙僧」做為「概略形象上最接近甲、乙兩型」的一組人物，並提供下列①、②、③、④引導同學深入探究。依據選項表上端的提問，哪個選項是最恰當的研判？

① 孫悟空從水簾洞返回，想先洗浴，豬八戒不解，孫悟空說：「這幾日弄得身上有些妖精氣了。師父是個愛乾淨的，恐怕嫌我。」

② 唐僧想讓人復生，孫悟空乾脆找太上老君：「既然曉得老孫的手段，快把金丹拿出來，與我四六分分，還是你的造化哩！不然，就送你個皮笊籬，一撈個罄盡！」

③ 唐僧被捉，孫悟空、豬八戒提議散伙，沙僧說：「今日到此，一旦俱休，說出這等各尋頭路的話來，可不違了菩薩的善果，壞了自己的德行。」

④ 唐僧思鄉，孫悟空勸他勿憂，沙僧也對抱怨路遠的豬八戒說：「莫胡談！只管跟著大哥走，只把工夫捱他，終須有個到之之日。」

	能支持 「孫悟空屬於甲型人物」嗎？		能支持 「沙僧屬於乙型人物」嗎？	
	①孫悟空說	②孫悟空說	③沙僧說	④沙僧說
(A)	V	X	V	X
(B)	V	V	X	V
(C)	X	V	V	V
(D)	X	V	X	V

一、未逾期的電信費：
　　請至郵局、銀行、農會、漁會、信用合作社、連鎖便利商店臨櫃繳款。
二、逾期的電信費：
　　（一）請至本公司各地電信營業窗口或下列金融機構臨櫃繳款
　　　　　全區：摩羯銀行、水瓶銀行、雙魚銀行、牡羊銀行
　　　　　北區：金牛銀行、雙子銀行、巨蟹銀行
　　　　　中區：獅子銀行、處女銀行、天秤銀行
　　　　　南區：天蠍銀行、射手銀行
　　（二）利用提款機轉帳（ATM）
　　（三）利用本公司網路繳款：以活期帳戶或信用卡繳納
　　（四）利用本公司語音繳款：以活期帳戶或信用卡繳納

芝珊上個月的電話費逾期未繳，根據以上繳款說明，她利用哪一種途徑繳款會被拒絕？

（A）利用提款機轉帳

（B）至水瓶銀行臨櫃繳款

（C）到連鎖便利商店臨櫃繳納

（D）至該電信公司各營業窗口繳納

阿華夫婦帶著就讀幼稚園的小孩參加這套行程,三人入住一間標準雙人房。下列敘述,何者符合套裝行程的內容?

(A)三人皆支付了基本費用3590元

(B)他們皆可免費享用渡假村的自助式早餐

(C)他們須額外購買一張海洋歡樂世界的門票

(D)小孩意外受傷,醫療險最高賠償額度為十萬元

表一是某校的申請入學簡章，表二是四位同學的申請入學資料。請閱讀後並回答 40-41題：

（表一）

招生名額	普通科	國際貿易科	資料處理科
	107人	150人	200人
申請條件	1.入學測驗成績：原始總分需達90分以上。 2.幹部及志願服務成績：不要求。 3.在校成績：不要求。 4.特別條件：僅資料處理科適用。		
評選方式	1.加權總分計算方式： 依入學測驗分數加權計算，計算方式如下： 　（國文科分數×1）＋（英語科分數×1.5）＋（數學科分數×1.5） 2.特別條件（僅資料處理科適用）： 在校期間參加縣（市）政府（含）以上主辦之資訊相關比賽得獎且附佐證資料者，可加分至加權總分數計算（如下表），相同比賽項目以最高分採計。		

	前三名	四至六名
縣市級	15分	10分
全國級	25分	15分

3.錄取標準：
依入學測驗分數加權之總分高低依序錄取，總分相同時，依數學、英語、國文為順序，成績較高者優先錄取，各科成績均相同時，則增額錄取。

（表二）

	國文	英語	數學	原始總分	其他相關證明
子淇	40	30	30	100	在校成績前1%
佑華	20	40	40	100	縣市級英語演說比賽第四名
偉青	30	30	30	90	擔任班級幹部
嘉玲	20	20	40	80	全國級網頁設計大賽第一名

40. 根據簡章規定，下列敘述何者最恰當？

（A）加權總分相同者，皆可以增額錄取

（B）只要符合申請條件，就一定可錄取

（C）相同比賽在縣市級與全國級均得獎可累計加分

（D）評選時，各招生科別皆是以加權方式計算總分

41. 根據簡章，下列關於四人申請資格的敘述何者最恰當？

（A）子淇在校成績優異，故可優先獲得錄取資格

（B）佑華在申請普通科時，可採計特別條件加分

（C）偉青擔任班級幹部的證明，在申請該校時沒有加分作用

（D）嘉玲採計特別條件加分後，即符合資料處理科的申請條件

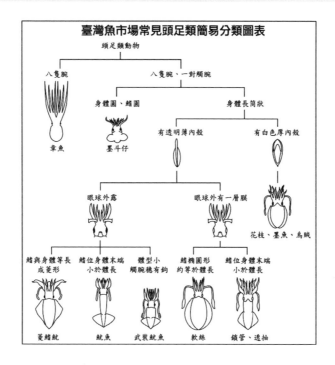

37. 阿康出海捕到一隻生物，身體呈長筒狀，鰭約等同於體長，八腕，另有一對觸腕，剖開後發現內有白色厚殼。根據此表判斷，這隻生物最可能是下列何者？

（A）軟絲　（B）墨魚　（C）菱鰭魷　（D）武裝魷魚

38. 根據這張圖表，下列敘述何者最恰當？

（A）透抽的眼球外露，有透明薄內殼

（B）軟絲身體長，有白色厚內殼，鰭橢圓

（C）烏賊和墨斗仔的區別在於有無一對觸腕

（D）菱鰭魷跟魷魚可由身體與鰭的長度比例來區別

　　一架飛機能在空中飛行，實在是件十分奇妙的事：藉著引擎推動令飛機產生前進的速度，機翼因而產生升力承托飛機飛行。然而引擎動力和機翼所能產生的升力有限，機師在起飛及降落時必須注意飛機的性能狀態，以配合機場的天氣與地理環境。如遇上跑道有順風或地面氣溫較高，或機場位於海拔數千呎時，則需要較長的跑道，而飛機的負載量亦要相對減少。以南非約翰尼斯堡機場為例，該機場海拔5500呎（約1676公尺），空氣較地面稀薄，引擎所能發出的動力較接近海面高度時稍差；夏季時，地面氣溫可高達攝氏34度，雖然該機場的跑道有13000多呎長，但一架波音747-400型的飛機，即使用上了最大的起飛引擎動力，也只能負載370公噸左右的重量，比它的最大負載重量還少了約20公噸。（改寫自馮志亮〈不同跑道環境的挑戰〉）

　　某飛機將在四個機場停留，下表是各機場在該飛機起飛時的環境狀況。在相同載重條件下，根據本文，這架飛機於哪一座機場起飛時所需的跑道可能最短？

	地理位置	氣溫（℃）	風向
（A）	高原	15	順風
（B）	高原	35	逆風
（C）	平原	35	順風
（D）	平原	15	逆風

　　「江戶壽司」是澳洲布里斯本的一家平價日本餐廳，產品有自取的迴轉壽司、服務人員提供的生魚片、手捲、麵類等。老闆 Johnny 是韓國人，在沒有財團的支持下，四年內開了六家店。

　　Johnny開店前曾到雪梨走訪幾家迴轉壽司，除了掌握市場走向，也學習餐廳的軟硬體規劃。Johnny明白，要讓日本料理展現傳統風味，必須靠道地的食材。但道地食材在澳洲取得不易，若從日本進口則成本太高；加上澳洲是一個民族大熔爐，單是英國人與澳洲人就有不同喜好；而亞洲人如日本、韓國、越南、中國人等，口味也不同。為了迎合大眾，他選擇在地化，例如將當地盛產的酪梨放進壽司，也調整日本握壽司中含有芥末的作法，因為澳洲人大多怕芥末的味道。此外，菜單上也看得到越南春捲，或義式油漬番茄壽司。

　　Johnny也根據餐廳所在地來調整菜單內容，例如黑鮪魚壽司雖然深得亞洲人喜愛，卻不受白人青睞，因此多屬白人消費的北區分店便不販售。又當主廚推日式串燒雞肉，北區分店便改供應炸物，以迎合顧客喜歡酥脆食物的口味。同樣的，拉麵也只出現在亞洲人較多的南區分店菜單中。

　　雖然有許多人捧著鈔票想尋求加盟，但Johnny說，他喜歡走進「自己的」餐廳，而非「自己品牌的」餐廳，因此目前只允許一家加盟。（改寫自《料理・臺灣》第31期）

依據上文，「江戶壽司」若擬推出「炸豬排花壽司套餐」、「味噌烏龍湯麵」兩樣新菜色，最能兼顧消費者口味與經營效益的供餐方式為何？

	炸豬排花壽司套餐		味噌烏龍湯麵	
	南區分店供應	北區分店供應	南區分店供應	北區分店供應
（A）	V		V	
（B）		V		V
（C）	V	V	V	
（D）	V		V	V

4-5　佐證說明文本

　　108課綱的「學習內容」，對「說明文本」會使用「客觀資料的輔助」（技術型高中Bc-V-2）「數據、圖表、圖片、工具列等輔助說明」（國民中小學暨普通型高中Bc-Ⅱ-3、Bc-Ⅲ-3、Bc-Ⅳ-3、Bc-Ⅴ-3）是有特別提示的。從近年國內考試機構的試卷裡看來，這類試題多集中於四技統測——這與統測的閱讀素材選擇方向應該有關。

　　這類試題大抵在文章外另置一圖表，圖表訊息可以是文章的參照，也可以是文章的補充，但與文章構成一個整體。考察的重點之一，是能研判圖表所顯示的數量變化，例如107四技統測22題，要依據黃魚鴞在單位時間內的平均鳴叫次數，找到相應的敘述：「白天安眠，黃昏時以頻繁的鳴唱揭開活動序幕」。又如109技專校院入學測驗中心樣本蒐集用題本37題，要依據「在沒有複習的前提下，1小時後忘記56%，1天後忘記74%，1週後忘記77%，1個月後忘記79%」的圖表訊息，正確指出「受試者一週後與一個月後的記憶量相差無幾」。又如110四技統測樣卷題本的兩題，既有從文章所述「野外族群量估計已

不到500隻」查找「地圖」的閱讀路徑，也有從「長條圖」自己歸納出「超過半數都命喪苗栗」的閱讀路徑。

另一個考察重點，則是研判圖表訊息與文字敘述是否可徵可驗，看看是否「言過其『表』」或「詞不達『表』」。例如108四技統測20題，表中雖然顯示「2016年的產值一度滑落低點」，但不知道原因是否為「受國際原物料價格波動影響」，雖然顯示「外銷量到2018年再創新高」，但未必「晉升為全球最大的螺絲出口國」，所以選項A、B都是加油添醋的「言過其『表』」。又如110統測23題，文章所說的「在日本的市占率相當高」、「出口值超過8400萬美元」，在圖表中看不到訊息——這也是「言過其『表』」，但並非文章加油添醋，而是圖表本來就只提供了局部可驗證的資料。

107四技統測22 　→D

一月底，跟隨無線電訊號來到溪邊的山腰，大約傍晚6點，濃密枝叢中傳來的「嗚呼……」透露令人驚喜的秘密——原來，我們追蹤的母黃魚鴞是有夫之婦！在人們準備迎接農曆新年的同時，黃魚鴞夫婦也為了新生命而忙碌。

全世界逐水而居的魚鴞只有7種，其中4種住在亞洲。黃魚鴞雖是臺灣體型最大的貓頭鷹，但比起亞洲魚鴞的大哥大——毛腳魚鴞仍矮上一個頭。一個黃魚鴞家庭所需的溪段長達5～8公里，且周邊要有廣大的原始林方能維生。藏身隱祕加上分佈密度低，無怪乎牠們是臺灣目前最晚被發現的留鳥。

黃魚鴞＿＿＿＿＿＿＿＿。低沉的「嗚呼……」是最常聽到的叫聲，由公鳥先鳴，母鳥隨即附和。另一種常聽到的叫聲則在巢樹邊。

完成配對的母鳥約在二月底產卵，入夜後的低溫使母鳥必須寸步不離的孵卵，甚至長達40個小時窩在巢中，以確保辛苦誕育的小生命不致失溫死亡。因此，當公鳥在巢位附近「嗚呼……」，母鳥便發出音頻2000～6000Hz的長哨音「咻……」，似乎在告訴公鳥「餓啊！」那一年，是我們首次完整觀察黃魚鴞的育雛過程，許多夜裡按牠們的習性日入而作，守在巢樹附近熄燈聽著猶如沖天炮的「咻……」，偷偷記錄牠們的一點一滴。

　　黃魚鴞位在溪流食物鏈的頂層，故能反映棲地環境的健康與否。日本北海道的毛腳魚鴞被阿依努族奉為守護神，其實，臺灣的黃魚鴞也一直在每年春節施放沖天炮，默默為我們的生態環境祈福。（改寫自汪辰寧〈黃魚鴞的新年祈福〉；孫元勳、吳幸如《暗夜謎禽黃魚鴞》）

若依上文與下圖敘寫＿＿＿＿＿＿內的文字，何者最為貼切？

（A）夜晚活動，日出後以頻繁的鳴唱準備進入夢鄉
（B）夜晚安眠，日出時以頻繁的鳴唱揭開活動序幕
（C）白天活動，半夜後以頻繁的鳴唱準備進入夢鄉
（D）白天安眠，黃昏時以頻繁的鳴唱揭開活動序幕

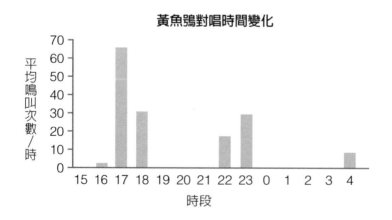

黃魚鴞對唱時間變化

螺絲螺帽有多重要？一輛自行車大概需要50顆，一輛轎車大概需要2000顆，一架波音767飛機大概需要1800000顆。螺絲堪稱「工業之米」，家具的木螺絲、馬桶水箱的塑膠螺絲、鐵軌螺絲、電力螺絲⋯⋯，種類千變萬化，專業分工的程度遠超乎想像，例如臺北101大樓使用的建築扭力控制螺絲，就是鋼結構中不可或缺的扣件。

臺灣2017年的螺絲出口值高達43億美金，是全球第二大出口國。高雄岡山、路竹一帶有著全球最密集的螺絲產業聚落，從成型、熱處理、電鍍、包裝到運輸出口一氣呵成，上、中、下游構成完整體系，客戶來到這20多公里的螺絲窟，就有辦法一次滿足。在其他國家，一旦模具或機臺需要微調，總要等上幾天甚至數週，但經這裡的老師傅判斷，一兩小時就能完成。1960年代，臺灣只有「春雨」一家螺絲工廠，故業界約有六成人力從春雨開枝散葉，雖然各廠專業不同，但彼此交流技術，形成魚幫水、水幫魚的默契，讓岡山出品的螺絲深受國際肯定。

始於二次世界大戰結束後的螺絲產業，在鄰近國家提供低廉土地與勞動成本的衝擊下，產線智慧化與產品高值化將是下一階段的發展方向，許多廠商也開始轉型。有的專注於車用扣件，打入特斯拉、福斯等知名品牌供應鏈；有的跨足人工牙根市場，在醫療螺絲上表現傑出；有的則運用優異的金屬粉末射出成型技術，研發人工腕掌關節、頸椎骨板等醫療器材。

「以前賣螺絲是論斤賣，現在賣人工牙根是論根賣。」黑手公司和白色巨塔的結合，將朝「醫療器材矽谷」邁進。（改寫自《經貿透視》雙周刊，〈螺絲螺帽產業聚落放眼全球再起風華〉）

上文若增加右表來輔助說明，下列何者最能直接而切當的敘述「表中的訊息」？

（A）受國際原物料價格波動影響，2016年的產值一度滑落低點

（B）外銷量到2018年再創新高，晉升為全球最大的螺絲出口國

（C）五年來產量年年擴增，至2018年已超過一千四百六十億顆

（D）產業以出口為導向，外銷值一向在生產值中佔相當高的比重

年	生產值（千元）	直接外銷值（千元）
2014	129,682,466	107,757,725
2015	127,295,884	107,418,483
2016	121,575,405	101,779,721
2017	126,831,854	106,002,622
2018	146,322,711	122,442,282

109技專校院入學測驗中心樣本蒐集用題本37　　→D

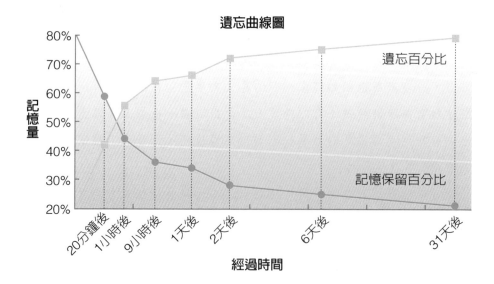

遺忘曲線圖

所謂遺忘曲線，是德國心理學家赫爾曼・艾賓豪斯經實驗歸納出的結果。他讓受試者背誦不明白意義的詞彙，發現這些詞彙＿＿＿＿＿＿＿＿＿＿，因此他認為，趁著忘記之前，及時反覆複習，才能有效率地記住。

六十多歲和二十多歲人的記憶力，其實相差不大。成年人記住的東西不多，主要是因為不像學生時代一樣反覆複習。這就像透過手機裡的通訊錄撥打電話一般，無論撥過幾次，我們還是記不得電話號碼。

記憶的保存時間與意義理解有關。例如面對一連串瑣碎的數字，如果知道數字所代表的意義，無須多次複習也能記得住。遇到難記的事情，可以「創造記憶的神經掛鉤」，想出屬於自己的方法，製造出屬於個人的意義（例如「編口訣」）來記憶。或者使用記憶大師常用的「宮殿記憶法」，想像最熟悉的場景，透過裡面的擺設跟想要記住的內容做連結，之後只要喚起你熟悉的場景，就可以引出相關聯的事物。（改寫自和田秀樹《50歲的學習法》、楊雅馨〈不做白工，重點就要這樣記〉）

依據艾賓豪斯遺忘曲線所呈現的實驗結果，上文＿＿＿＿＿＿內應填入：

（A）若未經複習，受試者一週後與一個月後的記憶量相差無幾
（B）若未經複習，受試者一小時後與一天後的記憶量相差無幾
（C）若經過複習，受試者一天後仍可保持學習一小時後的記憶
（D）若經過複習，受試者一個月後仍可保持學習一週後的記憶

甲

　　2020年適逢臺灣毛豆外銷50周年。有「臺灣綠金」之稱的毛豆，①在日本的市占率相當高。這個產業曾因中國大陸進入市場而大幅衰退——②從1991年狂銷日本4.4萬公噸，到2007年只剩2萬公噸。最終在智慧科技協助下，③2019年外銷世界超過3.8萬公噸，④出口值超過8400萬美元。這個轉折的幕後推手，是高雄農改場旗南分場長周國隆。他認為「全面機械化才有競爭優勢，但要機械化，就要大面積種植」。周國隆於是在2001年向農委會提出計畫，租用臺糖荒廢的甘蔗田經營大農場，並說服「豆販仔」（中盤商）轉型為專業農民，由他們和加工業者共同出資租地、買機具，建立夥伴關係。他又研發新品種，「高雄9號」即為代表作。「高雄9號」每公頃產量可達8公噸，高於以往「高雄5號」的每公頃6公噸，且抗病性更好，奠定產業起死回生的基礎。

　　曾獲神農獎的百賢農產董事長侯兆百，也熬過毛豆產業低谷，積極朝精準農業發展。例如採收機有AI設備，能透過GPS定位與自動拍照掌握產量與品質；土壤感測器可了解毛豆田不同區塊的濕度、溫度、導電度，提供施肥資訊；經雷射整平機器整地，作物才不會在灌溉時「前面淹死，後面渴死」。臺灣要發展智慧農業，關鍵是整合科技和農業，找到標準化及智慧化的切入點。（改寫自郭芝榕〈智慧新農業讓綠金產業逆轉勝〉）

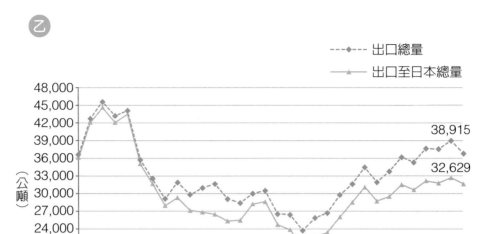

乙

出口總量
出口至日本總量

上文①、②、③、④的敘述，何者能在乙圖中得到明確印證？

	①	②	③	④
（A）	V	V	V	
（B）	V		V	
（C）		V	V	
（D）		V		V

石虎主要生存於低海拔的淺山地區。由於棲地嚴重破碎化，石虎與人類活動範圍高度重疊，故屢受捕獸夾和毒餌威脅，人類棄養的流浪貓狗也會和石虎競爭食物或活動空間。此外，喜歡在晨昏和夜晚活動的石虎，常因遇上車子的強光無法反應，成為輪下冤魂。

石虎原本列在野生動物保育法第Ⅱ級「珍貴稀有保育類動物」，2008年改列第Ⅰ級「瀕臨絕種保育類動物」，野外族群量估計已不到500隻。臺北市立動物園自2011年起，與行政院農業委員會特有生物研究保育中心共同推展石虎保育與研究計畫。2013年，成功繁殖2隻石虎後野放，一隻失蹤，一隻則被其他動物咬傷，重回特生中心。近8年，多達74隻石虎死於全臺道路，_____。唯有重視淺山生態，石虎才能永續與人類共存。（改寫自國家地理雜誌〈石虎不是虎斑貓〉）

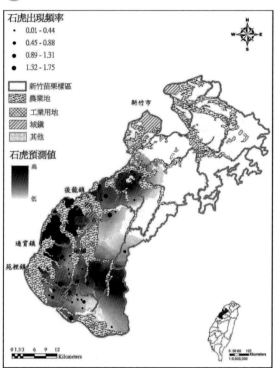

石虎路殺發生案例數

36. 甲文所謂「野外族群量估計已不到500隻」，最可能集中於乙圖何處？

（A）新竹農業地 （B）新竹工業用地
（C）苗栗農業地 （D）苗栗工業用地

37. 依據丙圖，甲文＿＿＿＿＿＿＿＿＿內最適合填入的是：

（A）中部四縣市每年皆有數起 （B）逐年遞增的數量令人心驚
（C）其中超過半數都命喪苗栗 （D）苗栗與彰化發生次數尤多

4-6 提供評估依據

　　這類試題其實頗像「檢視擬設案例」，但它不是先擺出一份規章、條約、企畫、活動內容……當憑據端，再提供一個或數個擬設的案例當待驗端，而是透過一個外加的「非連續文本」（與文章並非一個整體，所以功能也跟「佐證說明文本」不同），來反思文章的內容、品質、可信度等。

　　109會考36題、110會考48題皆是典型的例子。109會考36題的閱讀素材由三個部分組成：〈海龜被魚線纏繞，海豹抱著牠助脫困〉、〈檢查結果〉、「新聞查核分類表」，當中「新聞查核分類表」是前二者的後設文本，用來評估該則新聞及其檢查結果，究竟屬於「諷刺」、「誤導」、「刻意操弄」、「斷章取義」中的哪一種。110會考48題的閱讀素材也由三個部分組成：沈括《夢溪筆談》中有關柳開與張景的記載、宋祁〈故大理評事張公墓誌銘〉、「柳開、張景、宋

祁、沈括4人的生卒年與中舉年」，當中「柳開、張景、宋祁、沈括4人的生卒年與中舉年」是前二者的後設文本，用來評估沈括所記的和宋祁所寫的內容，究竟何者比較可信。

110統測37題，則在黃美秀《小熊回家：南安小熊教我們的事》外另提供「黑熊野放的主要考量因素」表，藉以研判南安小熊「妹仔」的野放，是否已就表中「年齡」與「季節」因素做有利的考量。110統測22題，也在有關「陽明山硫磺谷」和「宜蘭礁溪湯圍溫泉」的三個古典文本之外，另提供「碳酸氫鹽泉VS.硫酸鹽泉」比較表，藉以確認詩文中所敘寫的溫泉，在水中陰離子、水溫、氣味等方面的特質。

109會考36 →B

網路新聞查核案件

© Beat Korner/Solent News

海龜被魚線纏繞　海豹抱著牠助脫困
一隻海龜在夏威夷海岸被魚線纏住，幸好一隻海豹發現，牠從後面抱著海龜試著用嘴巴協助海龜解開束縛，這溫馨的過程被攝影師貝亞特即時捕捉。

檢查結果
以上報導引起廣泛的關注，然而，攝影師貝亞特出面澄清：「剪斷海龜頭部釣魚線的並非是海豹，而是攝影師團隊。」海龜遭到釣魚線纏繞掙脫的動作吸引了海豹，而海豹不是為了救援，才抱著海龜。再從翻譯的內容來看，貝亞特的部落格原文描述海豹的「擁抱」是「騷擾」的不當行為，但是，臺灣新聞媒體卻忽略及美化了該行為，也捏造原文並未描述的事實。

諷刺

純粹以諷刺趣味性為理由，無意造成傷害的諷刺性文章。

誤導

資訊錯誤使用，以形塑某個人物或事件的樣貌。

刻意操弄

帶有欺騙的報導，為特定政治目的或經濟利益而刻意操弄的訊息。

斷章取義

擷取受訪者的某個句子或段落，並放大檢視。

根據媒體新聞查核分類表與查核結果判斷，這則網路新聞查核案件的問題最可能屬於哪一類型？

（A）

諷刺

（B）

誤導

（C）

刻意操弄

（D）

斷章取義

甲

　　柳開少好任氣，大言凌物。應舉時，以文章投於主考簾前，凡千軸，載以獨輪車。引試日，自擁車入，欲以此駭眾取名。其時張景能文有名，唯袖一書簾前獻之。主考大稱賞，擢景優等。時人為之語曰：「柳開千軸，不如張景一書。」（改寫自沈括《夢溪筆談》）

乙

　　張景，字晦之，江陵公安人。幼能長言，嗜學尤力。貧不治產，往從柳開。開以文自名，而薦寵士類，一見歡甚，悉出家書予之，由是屬辭益有法度。開每曰：「今朝中之士，誰踰晦之者！」即厚饋，使如京師。後中進士。（改寫自宋祁〈故大理評事張公墓誌銘〉）

丙

姓名	西元生卒年	中舉年分
柳開	948～1001	973
張景	970～1018	1000
宋祁	998～1061	1024
沈括	1031～1095	1063

根據丙表所列舉的年分，對照甲、乙兩文內容，下列推論何者最合理？

（A）柳開中舉前已受張景愛戴　（B）宋祁跟柳開兩人頗有交情
（C）甲文的寫作時間早於乙文　（D）乙文所述內容較甲文可信

　　2018年7月10日，約四個月大的「妹仔」與母熊走失，自此展開人間之旅。歷經280天的安置與野化訓練，小熊終於要回家了。

　　4月28日上午，地面部隊徒步出發。29日，野放前一天，我最後一次到野訓場餵牠——十七天沒見，想念，但不如不見。為了讓小熊回家前斷開與人的連結，野放前三週開始進行陌生人趨避訓練。每次我們都請不同人進場，製造巨響，甚至用辣椒噴霧，直到牠見人就懼怕逃躲為止。野放前兩週，野訓團隊也避不見牠，餵食只從籠外丟進。這樣的「斷捨離」，對牠和我們都是痛苦的過程。

　　30日清晨，移進運輸籠的小熊從麻醉中醒來，準備搭機，地面部隊也在天亮前到達野放地點。7點10分，直升機飛抵目的地，地面部隊立即將運輸籠抬下。這個野放地點位在邊坡，周圍沒有陡峭地形，將是小熊新生活的起點。下午2點，四位獸醫一致同意，小熊可以野放了。我提起籠門，牠小心翼翼踏出步伐，流露遲疑和徬徨。當牠在樹林邊回眸，我示意夥伴點鞭炮擲向小熊——縱使臨別在即，也不能讓牠有一絲人類友善的想法。小熊驚慌跑開，爬上一棵大樹。這是逃避危險的典型反應。隔天，山下研究室回報小熊身上衛星發報器的定位點，牠已移動了1公里，在約兩千公尺高的山稜。

　　回營地後，下了一場大雨。願這場雨洗盡小熊身上的人間味，抹去我們在林子的足跡。今後，牠是牠，我是我。親愛的孩子，加油，回家快樂。（改寫自黃美秀《小熊回家：南安小熊教我們的事》）

黑熊野放的主要考量因素	
年齡	黑熊在1～2歲時脫離母熊自行生活，故以11到23個月為宜。
環境	區內熊隻不宜密集，以免過度競爭。
季節	秋冬固為青剛櫟結果期，但熊隻活動密集。春末則山區野果充沛，野放個體在颱風季前，能有足夠時間探索環境。

依據上文，對於①、②的研判應是：

① 從文中「四個月大」與「280天」可知：黑熊野放已就表中「年齡」因素做有利考量。

② 從文中「4月28日～30日」可知：黑熊野放已就表中「季節」因素做有利考量。

（A）①、②皆正確　　　（B）①、②皆無法判斷

（C）①無法判斷，②正確　　　（D）①正確，②無法判斷

110四技統測22　　　　　→B

甲

　　水潺潺巉石間，與石皆作藍靛色。導人謂此水源出硫穴下，是沸泉也。余以一指試之，猶熱甚。（郁永河《裨海紀遊》）

乙

　　湯泉，在湯圍，廳治南四十里。遠望熱氣蒸騰，泉中若沸，附近田園多被泡傷。土人無冬夏，澡浴於此。（柯培元《噶瑪蘭志略・山川志》）

丙

　　不須調鼎釀烟濃，獨藉乾坤一氣鎔。昇月樓前泉滾滾，員山館下水淙淙。滌來汗垢千般去，療得皮膚百病鬆。浴罷倚欄舒望眼，龜峰聳峙對西峰。（莊芳池〈湯圍溫泉〉）

硫穴：約在陽明山硫磺谷。
湯圍溫泉：在宜蘭礁溪。

依據下表，下列敘述何者錯誤？

	碳酸氫鹽泉	硫酸鹽泉
水中陰離子	碳酸氫根離子為主	硫酸根離子為主
主要分布	變質岩區	火成岩區
著名溫泉	礁溪溫泉 水溫約60°C 水清無味 pH值6.6～7.9	陽明山溫泉 水溫約90°C 有刺鼻味 pH值2.0～6.5

（A）甲文的「硫穴」，地質屬於火成岩
（B）乙文泉水的陰離子，主要為硫酸根離子
（C）甲文的泉水氣味濃烈刺鼻，丙詩的泉水無味
（D）乙文「泉中若沸」與丙詩「泉滾滾」水溫熱度相近

　　前文談過，「非連續文本」只是一種表面的樣式，如果視國語文學科為一般讀寫教育，「非連續文本」裡可以裝進五花八門的內容，但如果把國語文學科的邊界向內縮，「非連續文本」裡就要裝進特定內容，才會被認為與國語文學科有關係。

　　在國內考試機構的試卷裡，其實已使用過一些「很國文」的「非連續文本」了。這類「本科圖表」可以按「作答時需不需要啟動國文先備知識」再分為兩種，如果需要，或許就是「更國文」的。

　　例如下面109教育部自學進修專科學校學力鑑定考試48-50題，三題的作答憑據就只有一個「長條圖」。該圖給的是「7個詞彙在《紅樓夢》出現情況」，完全道地的「本科圖表」，而這個圖的基礎，就是課本介紹《紅樓夢》時，通常會提及的小說背景知識。第48題，考生要從圖表中找出「在後40回中無任何一回出現」的3個詞；第49題，考生要能看出「未知」一詞「在前80回僅於1回出現，但在後40回卻有31回出現」的意義；這兩題，都是讓考生從具體的事例來感受「《紅樓夢》前80回、後40回的用詞習慣不一樣」，最後再於第50題，讓考生印證「《紅樓夢》前80回、後40回作者可能不同」這個先備知識。

　　又如下面110學測14題，憑據端是「導師VS.伙伴」的故事角色設定表，待驗端有四組人物。這四組人物都是課文〈鴻門宴〉、〈漁父〉、〈劉姥姥〉、〈范進中舉〉裡學過的，學生要研判當中唯有「樊噲是劉邦的伙伴」符合表中的定義，必須對這四組人物保持若干

記憶才行。在全國十二萬六千多位考生中，答對此題者約75%，CTT鑑別度指數為0.41，屬於高鑑別度試題。此外如105四技統測12題、109二技統測29-30題，都算是這種「更國文」的試題。

　　但由於學生具備的國語文專業知識終究有限，所以這種「更國文」的「非連續文本」試題，往往在編製上頗受限制。相對而言，學生不需要自備（背）知識就能閱讀研判的「很國文」的「非連續文本」，反而能為學生帶來「一邊考國文，一邊學國文」的新視野。例如110年學測出現的「女性詞家」表（已於前文「數學出沒其間」列舉），學生可能只知道「李清照」，但透過試題的引導，進一步檢索表格中的數字並研判選項，其實能得到課堂上不會介紹到的「女性詞家」知識。

　　像這樣可以讓學生「一邊考國文，一邊學國文」的「非連續文本」，還有106指考第8題、109四技統測33-35題等。以106指考第8題來說，各選項完全不描述表格中的數據（如77.9%、45.1%等），甚至連形容數字多寡的「過半」、「極少」等詞也沒出現，直接就跳到「數字背後所代表的意義」來加以解釋。一般我們讀《論語》、《孟子》，不會去管裡面的「吾」、「爾」、「子」是用在哪些人際互動情境，但經由這個表的分門別類，就會發現《論語》在上對下的情境多用「吾」、「爾」，在下對上的情境多用「子」，這三個人稱稱謂，是依照彼此尊卑關係而使用的。但到了《孟子》，這三個人稱稱謂的使用就不再那樣講究，「爾」和「子」的變化尤其明顯。

7個詞彙在《紅樓夢》出現的情況

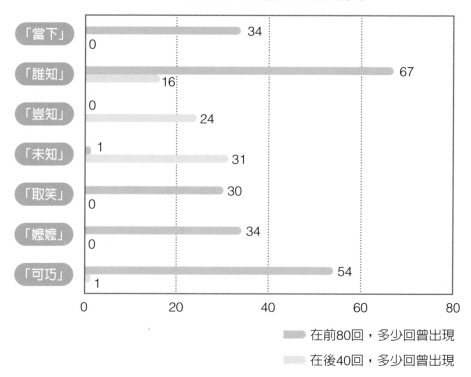

48. 依據上表，讀《紅樓夢》第81至120回時，<u>不會</u>看到哪些詞彙？

（A）可巧、當下、豈知　　　　　（B）豈知、未知、取笑

（C）未知、嬤嬤、可巧　　　　　（D）當下、取笑、嬤嬤

49.若要依據上表,對《紅樓夢》下列四個句子進行研判,何者最恰當?

① 要知端的,且聽下回分解　　② 要知端詳,下回分解

③ 未知性命如何,下回分解　　④ 未知凶吉,下回分解

（A）①、②出現於後40回的機率高,③、④出現於前80回的機率高

（B）①、②出現於前80回的機率高,③、④出現於後40回的機率高

（C）①、②在書中的出現情況無法判斷,③、④出現於後40回的機率
　　　高

（D）①、②在書中的出現情況無法判斷,③、④出現於前80回的機率
　　　高

50. 一般認為,《紅樓夢》前80回、後40回並非出自同一人之手。上表列舉7個詞彙的檢索結果,其「研究假設」與「想支持的論點」應是:

	研究假設	想支持的論點
（A）	前80回、後40回作者的用詞習慣不同	前80回、後40回是不同作者
（B）	前80回、後40回作者的用詞習慣不同	前80回、後40回是同一作者
（C）	前80回、後40回作者的階級意識不同	前80回、後40回是不同作者
（D）	前80回、後40回作者的階級意識不同	前80回、後40回是同一作者

依據下表的故事角色設定，推斷古代經典中的人物關係，最適當的敘述是：

導師（①是必備條件）
① 傳授知識或技能，主角因此獲得啟發 ② 有時會贈予主角重要或救命之物 ③ 不拘年紀，也可能是平庸、無德之人

伙伴（①是必備條件）
① 忠於主角，值得信賴 ② 目標與主角相同，但地位或能力不如主角 ③ 有時會質疑主角，在衝突中提供建議

（A）《史記》中，樊噲是劉邦的伙伴

（B）《楚辭》中，漁父是屈原的導師

（C）《紅樓夢》中，薛寶釵是林黛玉的伙伴

（D）《儒林外史》中，胡屠戶是范進的導師

古代典籍可分為「經、史、子、集」四部。右圖菜單的四字創意菜名，何者的原始出處來自「經」部典籍？

菜單
① 是謂大同……（風味桶仔雞） ② 兼愛交利……（椒香煎肉排） ③ 舉一反三……（三色蒟蒻麵） ④ 人有四端……（蝦仁四季豆） ⑤ 逍遙無為……（瑤柱煨冬瓜） ⑥ 白露為霜……（杏仁西米露）

（A）①②③⑥　　（B）①③④⑥

（C）②③④⑤　　（D）③④⑤⑥

某生態園區內有多棵百年以上的紅檜與臺灣扁柏，所有神木皆以對應於樹齡的歷代古聖先賢之名來命名。請依該園區導覽地圖的部分截圖，回答問題。

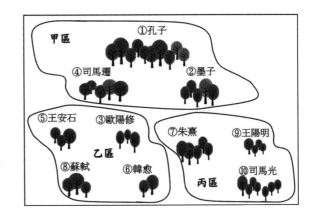

甲區
①孔子
④司馬遷
②墨子

⑤王安石 ③歐陽修
乙區
⑦朱熹 ⑨王陽明
⑧蘇軾 ⑥韓愈
丙區
⑩司馬光

29. 選出「正史紀傳體創始者」、「合《論》《孟》《學》《庸》為四書者」、「提出知行合一學說者」，依序為哪些編號的神木？

（A）④⑦⑨　（B）④①⑥　（C）⑩⑨①　（D）⑩②⑥

30. 若將甲、乙、丙三區依序稱為「先秦諸子區」、「唐宋八大家區」、「宋明理學家區」，能否符合各區神木名稱的類別？請在下列敘述中選出正確的選項。

	甲區 （先秦諸子區）			乙區 （唐宋八大家區）			丙區 （宋明理學家區）		
	完全 符合	部分 符合	都不 符合	完全 符合	部分 符合	都不 符合	完全 符合	部分 符合	都不 符合
（A）	V			V					V
（B）		V		V				V	
（C）	V					V	V		
（D）			V		V			V	

下表是「吾」、「爾」、「子」作人稱稱謂時,在《論語》和《孟子》中的使用情形統計(如:《論語》的「吾」有77.9%用於「上對下」的情境),根據下表,選出研判恰當的選項:

人稱稱謂 使用情境	吾		爾		子	
	《論語》	《孟子》	《論語》	《孟子》	《論語》	《孟子》
上對下	77.9%	45.1%	81.0%	6.3%	0.0%	47.9%
平輩之間	1.8%	6.6%	0.0%	0.0%	8.0%	45.1%
下對上	3.5%	7.4%	0.0%	0.0%	76.0%	7.0%
對象不明或其他情境	16.8%	40.9%	19.0%	93.7%	16.0%	0.0%

(A)《論語》和《孟子》的「吾」、「爾」主要使用情境皆為上對下

(B)根據各種使用情境,下對上用「吾」來稱呼自己是比較禮貌的用法

(C)《論語》裡稱呼對方時,通常會依彼此尊卑關係而使用不同的人稱稱謂

(D)從《論語》到《孟子》,「爾」和「子」使用情境的改變不如「吾」顯著

某項專題研究以如下表格整理資料：①從樣本裡挑出「含有季節感懷」的作品，分為三門；②每一門再就「寫作題材」分為四類。初步已將挑出的總量、三門作品的數量，填入表中。

樣本	季節感懷		寫作題材			
	三門	數量	年老	情思	離鄉	仕宦
《唐詩三百首》	傷春	44	--	--	--	--
	悲秋	49	--	--	--	--
	其他	27	--	--	--	--
	合計	120				
《宋詞三百首》	傷春	111	--	--	--	--
	悲秋	50	--	--	--	--
	其他	12	--	--	--	--
	合計	173				

註1：《唐詩三百首》共收錄311首詩，《宋詞三百首》共收錄300首詞。

註2：「其他」除了指「含有季節感懷，但情境不是春、秋」的作品外，也包含「情境是春、秋，但不是悲傷情懷」的作品。

33. 依上表的初步統計，最能支持下列哪一項假設？

（A）相較於詩，詞更多用於表達傷春之情

（B）唐代詩人的作品，多半含有季節感懷

（C）詩詞作者的感傷，多因慨歎歲月流逝

（D）詞的讀者多為女性，故作品多寫傷春

34. 下列詩詞，何者會在上表中歸入「其他」門？

（A）國破山河在，城春草木深。感時花濺淚，恨別鳥驚心。烽火連三
　　月，家書抵萬金。白頭搔更短，渾欲不勝簪

（B）十年離亂後，長大一相逢。問姓驚初見，稱名憶舊容。別來滄海
　　事，語罷暮天鐘。明日巴陵道，秋山又幾重

（C）綠蕪牆繞青苔院。中庭日淡芭蕉卷。蝴蝶上階飛。烘簾自在垂。
　　玉鉤雙語燕。寶甃楊花轉。幾處簸錢聲。綠窗春睡輕

（D）波面銅花冷不收。玉人垂釣理纖鉤。月明池閣夜來秋。江燕話歸
　　成曉別，水花紅減似春休。西風梧井葉先愁

35. 詞本是配樂歌唱，起初的情境常是「綺筵公子，繡幌佳人，遞葉葉
之花箋，文抽麗錦；舉纖纖之玉指，拍按香檀。不無清絕之辭，用助
嬌嬈之態」，寫進歌詞的題材，因此也被北宋早期的詞家沿用。依上
述觀點，《宋詞三百首》所收北宋早期詞作，最可能以上表哪一類寫
作題材居最多數？

（A）年老　（B）情思　（C）離鄉　（D）仕宦

4-8 知識穿越連古今

這個單元，我們來看幾個比較吸睛的閱讀題組。

以前的閱讀題組，就是一篇比較長的「連續文本」搭配兩三個試題。後來，開始出現「群文閱讀」的題組，更新的演變是「群文」中包含「非連續文本」。

這類閱讀題組比較吸睛，並不單純是因為組合的模樣不呆板，而是因為透過「非連續文本」在「群文」中居其一的方式，更有利於閱讀素材的捏塑，同時也就更有利於透過試題，將學生帶到不同的閱讀視野。

何謂閱讀素材的捏塑？過去，閱讀素材奉行原著優先主義——所以文章皆標明「節錄自……」或「改寫自……」。但評量有效率上的考量，「群文閱讀」已經得看好幾個來源不同的篇章，若能適度放進試題編寫者自行整理的圖表，不僅可以避免冗雜，甚至有助於創造閱讀空間。例如110指考21-23題，從甲、乙兩表的內容來看，應該主要是取自陳望道《修辭學發凡》，但或許是擔心學生不容易理解原文的術語和例子，所以乾脆提供自行整理的圖表，除了能把專家和課綱的用語結合（例如陳望道《修辭學發凡》所謂「記述的境界」、「表現的境界」，就以課綱的「說明」、「抒情」兩種表述方式取代），也能化繁為簡，只呈現解題所需要的知識。

在「非連續文本」的幫忙下，像「歷史人物桌遊」、「陸游吃粥與血糖控制」、「蘇軾杭州防疫」、「白居易買房子」、「大蒜的食療效果」這些題組，便能突破束縛的搞起「穿越」，橫跨古今，讓我們在閱讀古典時，領會它們在當代的意義。

甲

	手法	內涵	目的	表現
修辭	規範修辭	意義明白，條理清晰，文句通順。	使人理解	精確
	藝術修辭	運用辭格、辭趣，呈現動人魅力。 辭格：內容與形式的綜合運用，如：譬喻、轉品、排比。 辭趣：形式的運用，如：音調、格律、改變字形。	使人感受	華巧

乙

	方式	內涵	表現要求	備註
表述	說明	表達作者對事物的認知，如：「今年指考因為疫情延期」。	精確為主	一個篇章可以兼用不同表述方式
	抒情	抒發作者的情感，如：「妖雲黑青空中過，疫鬼被髮當門坐」。	華巧而不失精確	

丙

　　作史與他文不同。寧失之質，不可至於蕪靡而無實；寧失之繁，不可至於疏略而不盡。宋子京不識文章正理，而惟異之求，肆意雕鐫，無所顧忌，以至字語詭僻，殆不可讀，其事實則往往不明，或乖本意。（王若虛《滹南詩話》）

　　自分類興，而元氣剝削殆盡，未有如去年之甚也！干戈之禍愈烈，村市多成邱墟。問為漳、泉而至此乎？無有也。問為閩、粵而至此乎？無有也。蓋孽由自作，釁起閱牆，大抵在非漳泉、非閩粵間耳。（鄭用錫〈勸和論〉）

　　淡水環垣病最多，漳泉棍棒粵閩戈。因牛為水芝麻釁，一鬥經年血漲河。（陳肇興〈械鬥竹枝詞〉）

21. 依據甲、乙二表，下列關於華巧的敘述，最適當的是：

（A）華巧來自於形式雕繢，與內容無關

（B）修辭手法始於華巧，終於寧拙毋巧

（C）欲強化讀者感受，不能不追求華巧

（D）有華巧未必精確，有精確自有華巧

22. 參照甲表，關於丙文對宋祁（子京）修史的批評，說明最適當的是：

（A）一旦追求藝術修辭，必將損及規範修辭

（B）規範修辭易失之質，藝術修辭易失之繁

（C）藝術修辭常致詭僻，唯才高者方能駕馭

（D）寫作應先認清目的，不宜忽略規範修辭

23. 依據甲、乙二表，關於丁、戊的分析，最不適當的是：

（A）丁的自問自答屬於辭格　　（B）丁以表達作者的認知爲主

（C）戊單用抒情的表述方式　　（D）戊的押韻屬形式修辭手法

107學測17-18　　　　　　　　　　　　→A；C

閱讀下列歷史人物遊戲說明書與五張牌卡，回答17-18題。

歷史人物遊戲說明

基本規則	① 共有99張牌，牌號大者爲大（99＞98＞97＞96＞……＞2＞1）。 ② 每一局，各家分到11張牌，最先將手中的牌出盡者爲冠軍。 ③ 局中各輪，下家皆須按上家的牌型出牌（每輪可出牌型如下）。手中無相同牌型可出者，該輪棄權；手中有相同牌型但不想出者，該輪也可棄權。 ④ 該輪勝出者（每輪決勝方式如下），取得下一輪的攻牌權。
每輪可出牌型	依照牌上詩句所吟詠的人物，可出以下牌型： 【出1張（X）】 【出2張（X＋Y）】：這2張牌所吟詠的人物，須是同一人。 【出3張（X＋Y＋Z）】：這3張牌所吟詠的人物，須是同一人。
每輪決勝方式	① 各家按該輪牌型循序出牌，以出最大牌號的一家爲勝出。 ② 若甲家所出的牌型，其他家皆棄權，則該輪由甲家勝出。

42	43	66
天亡非戰罪， 末路困英雄。 氣盡虞同死， 司晨笑沛公。	世間快意寧有此， 亭長還鄉作天子。 沛宮不樂復何為， 諸母父兄知舊事。	今日歌大風， 明朝歌鴻鵠。 為語戚夫人， 高皇是假哭。

98	99
七十衰翁兩鬢霜， 西來一笑火咸陽。 平生奇計無他事， 只勸鴻門殺漢王。	不修仁德合文明， 天道如何擬力爭。 隔岸故鄉歸不得， 十年空負拔山名。

17. 假設某局你的手中尚餘如上「42」、「43」、「66」、「98」、「99」五張卡牌，下列組合，符合「可出牌型」的是：

（A）42＋99　（B）66＋98　（C）42＋98＋99　（D）43＋66＋98

18. 假設在本輪時，你的上一家以【出1張】的牌型打出「55」這張牌，接著由你出牌。若你想取得此局冠軍，下列預想的出牌策略，符合「正確、快速、穩妥」條件的是：

（A）①本輪：先出66，再出98，再出99，取得攻牌權；②末輪：出42＋43

（B）①本輪：出99，取得攻牌權；②末輪：先出42，再出43，再出66，再出98

（C）①本輪：出98，取得攻牌權；②次輪：出42＋99，取得攻牌權；③末輪：出43＋66

（D）①本輪：出99，取得攻牌權；②次輪：出43＋66＋98，取得攻牌權；③末輪：出42

陸游粥品私房筆記		
烏豆粥	**地黃粥**	**枸杞粥**
用新好大烏豆一斤，炭火鬻一日，當糜爛。（此時）可作三升米粥，至極熟，下豆，入糖一斤和勻，又入細生薑棊子四兩。	用地黃二合，候湯沸，與米同下。別用酥二合、蜜一合，炒令香熟，貯器中，候粥欲熟乃下。	用紅熟枸杞子，生細研，淨布捩汁，每粥一椀用汁一盞，加少煉熟蜜乃鬻。

　　陸游是一位高壽的詩人，注重養生。他主張「若偶食一物多，則當減一物以乘除之，如湯餅稍多，則減飯」，又認為「養生所甚惡，旨酒及大肉」，提倡「食淡百味足」。不過，陸游的體質並不好，他曾提到自己「不堪酒渴兼消渴」。古人所說的消渴，即今日所稱的糖尿病。陸游的牙齒也不好，有〈齲齒〉等一百多首與牙病相關的詩。其實，血糖控制不好的人，不但容易蛀牙，也會增加牙周破壞的程度，陸游晚年詩句「一齒屢搖猶決肉」、「欲墮不墮齒更危」，顯示他可能深為牙周病所苦。或許正因如此，陸游特別喜歡吃粥。他在〈薄粥〉詩力讚食粥能讓「饑腸且免轉車輪」，又於〈食粥〉詩說：「世人個個學長年，不晤長年在目前。我得宛丘平易法，只將食粥致神仙」。「宛丘」即蘇門四學士之一的張耒，寫過一篇〈粥記贈潘郔老〉，認為食粥可以延年。據說陸游晚年起床後第一件事就是熬粥，

熬好後喝一碗，再睡個回籠覺，「粥在腹中，暖而宜睡，天下第一樂也」。（改寫自譚健鍬《史料未及的奪命內幕》）

掌握低GI飲食，遠離糖尿病！

升糖指數（GI）：是指食用食物後2小時內血糖增加值與基本值的比較。它顯示食物經腸胃道消化後產生的醣分所造成血糖上升的速度快慢。食物的GI值愈高會讓血糖上升的速度愈快。

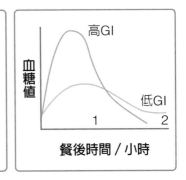

影響食物GI的因素

食物營養素	蛋白質或脂肪類食物消化程序較複雜，GI值通常較精緻澱粉類低。
食物型態	稀爛、切碎的食物容易吸收，GI值較高。
纖維含量	纖維量愈高，GI值愈低。
烹調方式	澱粉經長時間烹煮而糊化，GI值較高。水煮的GI值低於炒、煎。
食物搭配	高GI食物和低GI食物搭配食用，可平衡GI值。

16. 依據資料甲，關於陸游的煮粥祕訣，下列敘述最適當的是：

（A）煮粥時間長短，依序為地黃粥＞烏豆粥＞枸杞粥

（B）以烏豆、枸杞煮粥，烏豆和枸杞均須預先處理備用

（C）以地黃、枸杞煮粥，均須在起鍋後另加以蜜炒製的配料

（D）烏豆當於冷水時與米同煮，地黃則須待水沸後方與米入鍋

17. 依據資料甲、乙、丙，關於陸游食粥與健康的敘述，最適當的是：

（A）陸游曾向張未求得煮粥筆記，鑽研粥品養生之道

（B）陸游吃粥雖可使牙齒免於咀嚼，卻不利於血糖控制

（C）吃粥兩小時內血糖波動小，能讓陸游的回籠覺睡得安穩

（D）加糖會讓陸游的粥品GI值上升，但長時間熬煮可減低粥品GI值

18. 若陸游想控制血糖，則依據資料丙，對①、②兩項調整方式，最適當的判斷是：

① 每餐多吃一碗白飯，少吃一碗塊狀肉類。

② 每餐少吃一碗清粥，多吃一碗高纖蔬菜。

（A）①、②皆正確　　　　（B）①無法判斷，② 正確

（C）① 錯誤，② 正確　　　（D）① 錯誤，② 無法判斷

109四技統測20-22　　　　　　　　→C；D；C

甲

　　宋代有近百次的大規模傳染病發生。除了天然災害所引起的疫病，戰爭也使軍隊和邊境的疫病次數超越前代。此外，不合理的生活方式所引發的疫病也逐漸增多，例如淳熙5年寧海縣的疫病，便是當地人食用海鰍所致。

　　當疫病流行，政府通常令翰林院醫官、太醫局派人巡診賜藥，如紹興26年，臨安疫，宋高宗令醫官配製小柴胡湯醫治患者。改善環境衛生也是一項作為，如真德秀任職泉州時，見城內溝渠淤塞，蒸為癘

疫，乃下令清理。為防止疫情擴散，政府也採取隔離病人的措施，如元祐4年，杭州因乾旱而發生大疫，蘇軾設立專門的「病坊」來收治患者。蘇軾在杭州的賑災抗疫，不僅蘇轍在其兄的墓誌銘有具體記載，明代醫書也說蘇軾以「聖散子」這帖藥方為滿城病患施救。後來，政府以「安濟坊」為名在各地設置這類病坊，持續推行「以病人輕重而異室處之，以防漸染」。（改寫自韓毅〈宋代政府應對疫病的歷史借鑒〉）

明年方春，即減價糶常平米，民遂免大旱之苦。公又多作饘粥、藥劑，遣吏挾醫，分坊治病，活者甚眾。公曰：「杭，水陸之會，因疫病死比他處常多。」乃裒羨緡得二千，復發私囊得黃金五十兩，以作病坊，稍蓄錢糧以待之。（蘇轍〈東坡先生墓誌銘〉）

糶：出售穀物	裒：聚集　羨緡：盈餘款項

傳染病簡介

傷寒	由傷寒桿菌引起的腸道傳染病，多發生於缺乏自來水或環境衛生較差的地區。
百日咳	由百日咳桿菌侵犯呼吸道引起的疾病，一年四季都可能發生，病患多半是五歲以下兒童。
結核病	由結核桿菌引起的慢性傳染病，主要藉由飛沫與空氣傳染，常發生在與病患同住一室的家人。
桿菌性痢疾	由志賀氏桿菌引起的腸道疾病，在缺乏自來水或環境衛生較差的地區容易流行。
退伍軍人病	由退伍軍人菌引起的疾病，水塔與冷熱水源都曾發現此菌，目前尚無人傳人的病例。

20. 依據甲文，關於宋代防治傳染病的敘述，何者錯誤？

（A）逐漸意識到公共衛生與疫病相關

（B）翰林院醫官和太醫局多參與救治

（C）加強邊境檢查以免疫病危及軍隊

（D）透過隔離降低患者交互感染機率

21. 依據甲、乙二文，關於蘇軾在杭州賑災抗疫的措施，何者正確？

（A）讓受災戶減免應繳米糧　（B）以御賜丹藥治療重症者
（C）向兩千人募得救濟善款　（D）自掏腰包補充病坊資金

22. 依據丙表，甲文蘇軾面臨的「因乾旱而發生大疫」，最可能是何種傳染病？

（A）傷寒、結核病　　　　（B）百日咳、結核病
（C）傷寒、桿菌性痢疾　　（D）桿菌性痢疾、退伍軍人病

110四技統測26-29　　　　　　　→C；C；D；B

　　白居易29歲進京考中進士，32歲經吏部銓選，授秘書省校書郎（九品）。剛上班收入有限，白居易選擇租屋。當時的長安，商人、官員、考生等來來去去，人口流動大，租屋盛行，而且房價極高，一般人根本買不起。白居易36歲結婚時，年薪約臺幣150萬，仍是無殼蝸牛。

　　上班隔年，白居易因母親前來投靠，在下邽買了第一間房——這個「渭北莊園」對他一直有重要意義，但自己仍賃居長安。35歲，白

居易任盩庢縣尉，隔年，回長安任左拾遺（八品），兩年後復任京兆府戶曹參軍（七品）。44至49歲，白居易外放江州司馬、忠州刺史，50歲又重返長安。此時，白居易由主客郎中知制誥升遷中書舍人（五品），終於在京城買房。他選擇新昌坊，除了地段熟悉，也與妻子娘家在隔街的靖恭坊有關。

新宅住約一年半，白居易任杭州刺史。53歲回來時，自請調職東都洛陽，在履道坊買到柳宗元岳父曾擁有的宅院，「竹木池館，有林泉之致」，令他「識分知足，外無求焉」。

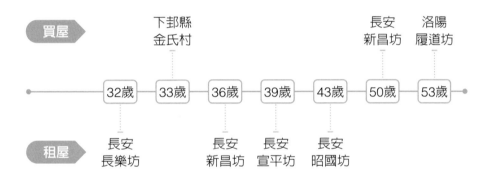

乙

元和二年五月一日，韓城縣人白居易向黃○○賃取＿＿＿＿中〔＿＿＿＿＿〕堂舍。價每月銀錢捌拾文，並於一、十五日各與錢肆拾文。立契後，一年內不得悔，先悔者罰銀錢捌拾文，入不悔人。兩和立契，畫指為驗。

舍主　　黃○○
賃舍人　白居易（左拾遺）
保人　　楊○○（中書舍人）
知見人　吳○○

丙

唐代堂舍營繕上限表			
		面寬（間）	縱深（架）
官員	三品以上	五	九
	五品以上	五	七
	六、七品以下	三	五
庶人		三	四

26. 依據甲文，關於白居易租屋購屋的敘述，何者正確？

（A）授官後任職下邽縣，就近於金氏村購置「渭北莊園」

（B）婚後十餘年仍輾轉於長安常樂、宣平、昭國等坊租屋

（C）曾租屋於長安新昌坊，是購屋時選擇該坊的原因之一

（D）為購得柳宗元岳父的園林宅院，乃自請調職東都洛陽

27. 依據上述資料，對於①、②的研判應是：

① 隨著官位品階上升，白居易租的房子也越來越靠長安繁華地區。

② 白居易寫〈琵琶行〉時（元和十一年），把長安的自有住宅出租他
   人。

（A）① 正確，② 錯誤 　　（B）①、② 皆無法判斷

（C）① 無法判斷，② 錯誤 　（D）① 正確，② 無法判斷

28. 若乙文爲白居易的租屋契約，依據甲文、丙表，下列敘述何者正確？

（A）_____ 應是昭國坊
（B）〔　　〕應是五間九架
（C）租金採逐月一次付清方式
（D）一年內悔約者罰租金一個月

29. 依據丙表，白居易50歲購屋時，下列哪個房屋物件最符合他當時的身分？

（A）

長安人在打聽的話題

五間九架豪華堂舍
邀不凡的您入主

（B）

優質首選

緊鄰城東要道
堂舍五間七架
絕美景觀席釋出

（C）

把家種在綠意裡

堂舍三間五架
格局方正
健康指數滿點

（D）

遇見生活的從容

清新雅致三間四架堂舍
享大隱京城之樂

甲

　　4500年前，蘇美楔形文已提到大蒜。大蒜用於醫療，與食用歷史一樣久遠。古埃及《艾伯斯手卷》、古印度《揭羅迦本集》均記載多種大蒜療病藥方。當代研究也認為大蒜對痢疾、心血管疾病、癌症等有防治功效，但這些研究多來自體外或動物實驗，尚待人體試驗證實。例如曾有研究指出大蒜能降低膽固醇，但美國國家衛生研究院2007年發表的人體試驗結果，卻不符原先的預期。

　　大蒜的辛辣味來自大蒜素，烹煮時的香味來自大蒜素的分解產物，主要是揮發性的誘烯醚。1944年，化學家卡瓦里托（Chester J. Cavallito）從蒜片萃取出大蒜素。但大蒜素原不存於大蒜裡，而是大蒜破裂時，細胞釋出的蒜氨酸酶將大蒜內含的蒜氨酸分解，所形成的化合物。大蒜素含丙烯基與氧化硫基，易與蛋白質的硫醇起作用，抑制一些酵素的活性，故具殺菌效果。大蒜素屬於硫化物，吃大蒜會產生口臭，即因硫化物釋出所致。

　　許多人認為大蒜素有益健康，且認為大蒜要生吃才有效。為了不讓胃酸破壞大蒜素，有些生技公司將蒜胺酸和蒜胺酸酶分別包進膠囊，希望在腸道形成大蒜素以獲致療效。但實驗證明達成度極低，吃太多大蒜素也會傷肝。

　　一氧化氮、一氧化碳、硫化氫為三種氣態的神經傳遞物。由於大蒜會促進體內產生一氧化氮，易刺激興奮，影響心神，所以佛教、道教修行者皆禁食大蒜。（改寫自徐明達〈大蒜的化學〉）

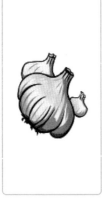	

薛己 《食物本草》	◆ 味辛，氣溫，有毒，屬火。主散癰腫蠱瘡，除風邪，殺毒氣，消食，下氣，健胃。 ◆ 人喜食多於暑月，但生食久食，傷肝氣，損目明，面無顏色。
張秉成 《本草便讀》	◆ 雖極臭而又能闢臭，故凡一切腥臭之物，用此同煮，均可解之。 ◆ 剛猛之性，耗散為多，道家稱其服之能損神伐性，不如外治之功為善也。少食卻能開胃進食。

11. 依據甲文，關於大蒜素的敘述，最適當的是：

（A）古代醫典已記載大蒜素，但至二十世紀才找到萃取法

（B）大蒜素能降低膽固醇，十多年前已獲得人體試驗證實

（C）原存於大蒜的大蒜素受熱時產生誘烯醚，散發辛辣味

（D）服用蒜胺酸和蒜胺酸酶，難以在體內有效產生大蒜素

12. 依據甲文，乙表所述內容與大蒜素最不相關的是：

（A）味辛　　　　　　　　（B）雖極臭而又能闢臭

（C）生食久食，傷肝氣　　（D）道家稱其服之能損神伐性

13. 甲文、乙表均對大蒜特性有所說明，關於甲、乙的說明方法，最適當的是：

	甲文	乙表
（A）	就醫療理論，評估功效	就醫療作為，提供程序
（B）	就醫療理論，評估功效	就食用方式，指出效應
（C）	就食用感受，解說成因	就醫療作為，提供程序
（D）	就食用感受，解說成因	就食用方式，指出效應

動手端出
「非連續文本」
評量

PART

5

5-1 蘇軾〈赤壁賦〉

　　這裡準備做的，不是找現成的圖表來編製試題，而是見縫插「圖（表）」，在文本裡尋出縫隙，插進自製的圖表，使閱讀素材變成一個「連續文本＋非連續文本」的「混合文本」，再於這個基礎上編製試題。

　　我們先試做普通型高中和技術型高中教材皆有的蘇軾〈赤壁賦〉。

　　這課通常會介紹一些賦的文類知識，常見的測驗題像這樣：

> 下列關於「賦」發展流變的敘述，何者錯誤？
> （A）古賦：辭藻華麗，筆勢誇張，好堆砌冷僻字，艱深難讀
> （B）駢賦：盛於魏晉六朝，篇幅短小，字句簡麗，長於抒情
> （C）律賦：唐代以賦取士，規定程式，對仗工整，爭奇鬥巧
> （D）文賦：以説理為主，不需押韻，不重格律，故又稱散賦

其實學生不會讀〈赤壁賦〉以外的文賦，更不會讀上面所列舉的古賦、駢賦、律賦的任何一篇，因此要作答這題，只能考前硬背。那麼，這些知識能不能換個形式出現，讓學生邊考邊學呢？給他們下面這個圖表吧！

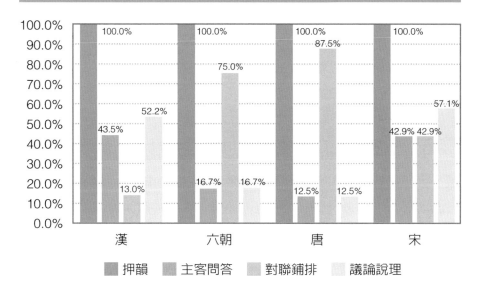

四個時期70篇賦，符合4項表達元素的比率

- 押韻
- 主客問答
- 對聯鋪排
- 議論說理

　　這個圖表不是現成的，而是依據賦學專家簡宗梧教授〈賦體之典律作品及其因子〉刊載於《逢甲人文社會學報》第6期（2003年5月）的論文來繪製。這篇論文先歸納出賦體可能的15項特質，再以84篇賦的典律作品為研究樣本，計算有多少比率的賦篇符合這15項特質。結果顯示：符合度最高的是「押韻」，這84篇賦無一不押韻；符合度最低的則是「諧辭嘲戲」，僅3.5%的賦篇具有這項特質。筆者從這篇論文的原始資料，剔除先秦5篇和金、明、清9篇，共得70篇重新計算比率，繪製了這個長條圖。

　　特質只取這4項，是因為它們在〈赤壁賦〉裡都看得到，而且若要大致觀察「漢賦、六朝賦、唐賦、宋賦」的異同，用這4個特質也能略做比較了。透過圖形可以發現：「六朝賦」和「唐賦」在這4項的

符合度上相當接近，「宋賦」則在「主客問答」和「議論說理」上多於「六朝賦」和「唐賦」，在「對聯鋪排」上明顯少於「六朝賦」和「唐賦」。學生從圖表獲得這樣的訊息，再從〈赤壁賦〉裡見到「主客問答」和「議論說理」的表現，應該能對「什麼是文賦」有較具體的印象，也能順便知道「駢賦」、「律賦」果然顧名可以思義，是很重視「對聯鋪排」的。

事實上，古賦≠漢賦、駢賦≠六朝賦、唐賦≠律賦、宋賦≠文賦，上圖之所以會顯示「宋賦」也長於「文賦」的「議論說理」，係因84篇樣本中的宋代樣本，唯有范仲淹〈金在鎔賦〉是律賦。但對高中生來說，這些知識只是提供一點閱讀〈赤壁賦〉的背景，「宋賦」包含許多駢賦、律賦這件事情，不知道也無妨。

我們設定上圖為甲圖，再選一段〈赤壁賦〉當乙文，便可編製如下的題組。第1題先引導學生從圖表看到「賦要押韻」的文類重要特徵。第2題引導學生從「漢賦、六朝賦、唐賦、宋賦」的特質比較，認識各期賦的異同。第3題自第2題延伸，讓學生自己觀察出〈赤壁賦〉具有「主客問答」和「議論說理」的實際表現。第4題自第1題延伸，讓學生自己從〈赤壁賦〉找出「賦要押韻」的例證。

> 蘇子愀然，正襟危坐而問客曰：「何為其然也？」客曰：「『月明星稀，烏鵲南飛』，此非曹孟德之詩乎？西望夏口，東望武昌，山川相繆，鬱乎蒼蒼，此非孟德之困於周郎者乎？方其破荊州，下江陵，順流而東也，舳艫千里，旌旗蔽空，釃酒臨江，橫槊賦詩，固一世之雄也，而今安在哉？<u>況吾與子，漁樵於江渚之上，侶魚</u>

蝦而友麋鹿；駕一葉之扁舟，舉匏樽以相屬；寄蜉蝣與天地，渺滄海之一粟。哀吾生之須臾，羨長江之無窮；挾飛仙以遨遊，抱明月而長終；知不可乎驟得，託遺響於悲風。」（蘇軾〈赤壁賦〉）

試作題1　　　　　　　　　　　　　→A

甲圖呈現的結果，最能支持哪一項關於賦的敘述？

（A）賦是韻文　　　　（B）賦注重用典
（C）賦在漢代大盛　　（D）賦是士大夫文學

試作題2　　　　　　　　　　　　　→D

就甲圖所分析的70篇賦來看，哪兩個時期的賦，風格最接近？

（A）唐與宋　　（B）漢與宋　　（C）漢與六朝　　（D）六朝與唐

試作題3　　　　　　　　　　　　　→C

乙文在甲圖列舉的4項表達元素中，除押韻之外，還符合何者？

（A）僅符合議論說理　　　　　　（B）符合主客問答、對聯鋪排
（C）符合主客問答、議論說理　　（D）符合對聯鋪排、議論說理

試作題4　　　　　→ 鹿；屬；粟；窮；終；風

請將乙文畫_____處的6個韻腳依序寫出

①	②	③	④	⑤	⑥

5-2 李清筠〈酒中之米:對國文升學考試試題的一點想法〉

　　下面是110指考的多選題閱讀題組。如果我們想在原題「連續文本」的基礎上加一個「非連續文本」編製新題,可以怎麼做呢?

110指考40-42　　　　　　　　　　　　→BC;AC;ABD

　　吳喬《圍爐詩話》曾以米變為飯或酒為喻,指出文與詩之異。此喻亦可借用來形容國文試題與教材的關係。若教材選文為米,在試題中,會以米、飯、酒三種形式出現。

　　米:原形登場,直接考教材選文的詞義、語法、修辭手法、寫作方式或文意。

　　飯:雖已變形,但米之形仍可窺知,而延展性變佳。飯的面貌多元,隨命題者的巧思而變化。將教材選文重要內容與試題所取材的課外文本特定概念相連結,是最常見的方式。如110年學測第21題,請學生判斷〈諫逐客書〉、〈虯髯客傳〉中的李斯、虯髯、李靖,是否符合文中哈士奇、土狗、狼的特性;109年指考第32題,則請學生判讀教材選文中的文句,如「推赤心於天下,安反側於萬物」等,是否符合文中「我們使用的語言也帶有身體的色彩」的概念。試題也可藉素材選擇,呈現不同面貌:如摘引關於教材中重要篇章、作家的論述,107年指考第16-19題,便改寫鄭毓瑜論蘭亭詩、蘭亭序的論文。

然而，最大量出現在題目中的形態，其實是酒。雖然米已渾化無形，但無礙米為酒之原料的事實。學生解讀課外文本時，必然會啟動經由國文教材學習而逐漸積累建構的詞彙、句型、表現技巧等向度的知識或規律，同時連結相類議題或主題的理解，並整合運用適當的閱讀策略。以110年學測第7題方旗〈小舟〉為例，全詩以「舟」喻人，強調人舟孤獨的普遍性。（甲）雖是課外素材，但文類、手法與內涵均是學過的。學生可藉由研讀紀弦〈狼之獨步〉，理解「藉物喻人」手法與孤獨況味，從而推知物、人之間可能如何連結？有哪些相似點可供詩意闡發？

　　語文教學的理想是「用教材教語文，而不是教語文教材。」孫本文〈中學校之讀文教授〉主張：「課內教授僅為指導課外自讀之預備，國文之主課宜於課外自讀求之，不當斤斤於課內求之也。」教材提供的僅是示例，師生研讀時，不僅要傳授／學習其中的知識、概念，更要以此為本，教會／學會國語文的某些規律、閱讀的某些策略與特定議題所可延伸的面向，以有效遷移到陌生文本的閱讀。

　　110年學測國文試題有二篇文章提供了我們一些啟示。語言學者指出人類在學習語言時，不像鸚鵡只會人家教牠說的，而是能將所習得的語言意義單位，做不同的組合。洪蘭則說明：「背景知識就像個篩網，網越細密，新知識越不會流失」，並可「將新獲得的知識放在適當的位置上，組合成有意義的東西」。國文教材同時提供了不同的語文意義單位，和有助學生純熟運用中文的部分背景知識，以甄別人才為目的的大學入學考試試題，如何可能小學大遺，只考米和飯的題目？（乙）大考國文試題的命意，正在檢驗學生是否能用其所讀，同時寄望他們能如蜂採花而釀蜜，消化吸收教材內容，轉變成新能量。

（改寫自李清筠〈酒中之米：對國文升學考試試題的一點想法〉）

40. 依據文意推論，符合本文看法的是：

（A）學習國文要以能釀酒、釀蜜，轉化新生為目標，不必在意基本知識的多寡

（B）「用教材教語文，而不是教語文教材」的主張，意近於「授人以魚，不如授人以漁」

（C）教材是通向陌生文本的橋梁，課文可做為媒介，用以統整語文規律、建構背景知識系統

（D）文中有（甲）（乙）兩處標記，如欲引述「《雅堂文集》：『讀書不難，能熟為難；熟書不難，能用為難。』」做為論據，依據文意，應插入（甲）處

（E）本題（第40題）屬於本文所謂的飯類試題

41.下列教育理念，可與文中孫本文的主張相應的是：

（A）以校內課程為發端，奠定學生終身學習的基礎

（B）以學生為學習的主體，能兼顧學生的個別需求

（C）指導學生掌握學習方法策略，啟動自主學習力

（D）引導學生妥善開展與自我、與他人的互動能力

（E）協助學生應用及實踐所學，善盡國家公民責任

42.關於運用教材所學理解右框文字的說明，適當的是：

（A）與〈始得西山宴遊記〉中「不與培塿為類」相近，〈昏鏡詞〉亦運用藉物寫人手法，並隱有嘲諷之意

（B）與〈桃花源記〉和〈桃花源詩〉的「序＋詩」形式相類，〈昏鏡詞・引〉與〈昏鏡詞〉既能獨立閱讀，又能相互闡發

（C）古詩文中常見「未若……」的句型，用以表示比較，如「未若柳絮因風起」。據此可推知詩中「謂若它鏡明」的「謂若」有誤，當作「未若」

（D）〈典論論文〉「審己以度人」的「以」，與〈昏鏡詞〉「飾帶以紋繡，裝匣以瓊瑛」的「以」，皆為連詞，表示順承，相當於「而」

（E）〈諫太宗十思疏〉中提及「慮壅蔽」，點出障蔽會干擾我們對真實世界的認知，可與「求與己宜」、「瑕疵既不見，妍態隨意生」的內涵相連結

鏡之工列十鏡於賈區，發奩而視，其一皎如，其九霧如。或曰：「良苦之不侔甚矣。」工解頤謝曰：「非不能盡良也。蓋賈之意，唯售是念。今來市者，必歷鑒周睞，求與己宜。彼皎者不能隱芒杪之瑕，非美容不合，是用什一其數也。」予感之，作〈昏鏡詞〉：

昏鏡非美金，漠然喪其晶。
陋容多自欺，謂若它鏡明。
瑕疵既不見，妍態隨意生。
一日四五照，自言美傾城。
飾帶以紋繡，裝匣以瓊瑛。
秦宮豈不重，非適乃為輕。

（劉禹錫〈昏鏡詞并引〉）

李清筠〈酒中之米：對國文升學考試試題的一點想法〉是一篇談「考題為何這麼出」的文章，會出現在指考試卷裡，頗耐人尋味。或許是因為110指考是最後一次的指考（111年起，國文科僅學測有「國語文綜合能力測驗」、「國語文寫作能力測驗」，分科測驗不設置考科），所以在謝幕時，特地借用這篇刊於《中國語文》767期（2021年5月）的文章陳述一些理念。

針對許多老師、學生因為「沒考課文」所產生的失望，這篇文章強調：有些看起來「不直接使用課本文句」的試題，其實是以另一種

形式考了課文──作者比喻為「飯」類試題、「酒」類試題：「飯」由「米」煮成但還看得到一粒粒的樣子，意指那些「明顯看得到課文當做課外篇章的前理解」的試題；「酒」由「米」釀成且已變成液狀，意指那些「其實也以課文當做課外篇章的前理解、我們卻用得渾然不覺」的試題。這篇文章還借用了110學測出現的兩個閱讀素材，以「六經註我」的方式陳述看法。閱讀素材之一談到：「背景知識」能「將新獲得的知識放在適當的位置上，組合成有意義的東西」，也是判別高手與生手的關鍵，所以這篇文章便借來指出：國文課本的主要功用便在提供背景知識，固然重要，但不是學習國文的全部，亦即葉聖陶所說的：「語文教本只是些例子……不是個終點，從語文教本入手，目的卻在閱讀種種的書」。閱讀素材之二則談到鸚鵡只會說人家教牠的，但人類卻能將語言的意義單位做不同組合，所以這篇文章便借來指出：做為「找高手而不是找鸚鵡」的大學入學考試，若只考「米」類試題，恐怕未必合適。

　　這樣的文章也有圖表可加？找出學測、指考國文科試卷，按這篇文章對「米、飯、酒」試題的界定，就可以自製圖表啦！下面的長條圖只選擇107至110年學測、指考試卷，是因為107年以後的這些試卷結構都是42個選擇題，結構相同才能比較。而只選擇「米」和「飯」類試題，則是因為「酒」類試題很難界定，例如這個題組的42題選項C認為：理解劉禹錫〈昏鏡詞〉時，有可能回憶〈諫太宗十思疏〉的部分內容來做為前理解。這個可能性當然存在，卻未必人人皆然。

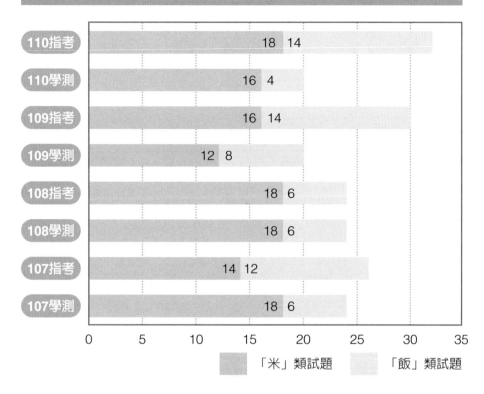

國文考科兩類試題占分（單位：分）

考試	「米」類試題	「飯」類試題
110指考	18	14
110學測	16	4
109指考	16	14
109學測	12	8
108指考	18	6
108學測	18	6
107指考	14	12
107學測	18	6

　　依據這個圖表，我們可試編如下的試題。①的用詞不直接用「米」、「飯」，才能讓它與文章敘述的定義相連結。②從圖表顯示的占分的狀況可知，指考對「飯」類試題的重視程度是比學測高的。③乍看正確，但文章只說「用了教材」的試題可分為「米、飯、酒」，並非說「整個試卷」的試題可分為「米、飯、酒」，因此，「非米或非飯」的試題，未必即是「酒」類試題，故③為「無法判斷」。

依據圖表,對 ①、②、③ 最適當的研判是:

① 這8份試卷在教材選文的運用上,「直接考教材選文的詞義、語法等」均比「考教材選文和課外文本的概念連結」來得多。

② 就這8份試卷來看,指考對「飯」類試題的重視程度不如學測。

③ 這8份試卷的「酒」類試題,少則占全卷近68%,多則占全卷80%。

	①	②	③
(A)	正確	錯誤	正確
(B)	正確	錯誤	無法判斷
(C)	錯誤	無法判斷	正確
(D)	錯誤	無法判斷	無法判斷

5-3 司馬光〈不寐〉

下面是大學入學考試中心研究用試卷的閱讀題組。如果我們想在原題「連續文本」的基礎上加一個「非連續文本」編製新題，可以怎麼做呢？

108大考中心研究用試卷9-10   →B；A

長年睡益少，氣耗非神清。昨朝多啜茶，況以思慮并。中煩枕屢移，輾轉何時明。蘇秦六國印，力取鴻毛輕。白圭萬金產，運智立可營，如何五更夢，百方終不成。（司馬光〈南園雜詩六首·不寐〉）

9. 本詩敘寫的主題是：

（A）才不如人的心焦　　　（B）經常失眠的苦惱
（C）建功立業的渴望　　　（D）夙夜匪懈的心勞

10. 詩中提及「蘇秦」、「白圭」，目的是為了強調：

（A）才能再大，也克服不了睡眠障礙
（B）勤奮用心，從政從商皆輕而易舉
（C）公務太繁忙，只好減少睡眠時間
（D）前賢功業彪炳，讓人急著想追上

司馬光〈不寐〉是一首講「失眠」的詩。詩的開頭說：「長年睡益少」，雖然這未必表示詩人的失眠經驗發生在老年期，但若基於設計試題的考量特意這麼假設，下面這個「睡眠時間與年齡」的圖表或可派上用場。

睡眠包含「快速動眼（rapid eye movement，REM）睡眠」和「非快速動眼（non-rapid eye movement，NREM）睡眠」。正常的睡眠週期，是由「非快速動眼睡眠」第一階段循序進入第二、第三、第四階段，也就是由淺度睡眠進到深度睡眠，然後再由第四階段循序回到第三、第二階段（通常不會回到第一階段，否則會很快醒來），然後進入「快速動眼睡眠」。如此謂之完成一個週期，時間大約90分鐘。若睡眠8小時，像這樣的週期會歷經4～6個。通常在入眠的前三個小時，以深層睡眠為主，到睡眠的後期，深層睡眠會減少，「快速動眼睡眠」（主要是作夢時間）則會增加。除此之外，如下頁圖所顯示，「快速動眼睡眠」和「非快速動眼睡眠」皆會隨年紀而改變，因此我們可以編製一個試題：

試作題1 　　　　　　　　　　　　　　　　　　　　→B

若「長年睡益少」敘寫司馬光步入老年期的睡眠狀況，依據下圖，與30歲時相比，他的「REM（快速動眼）睡眠」和「Non-REM（非快速動眼）睡眠」時數有何改變？

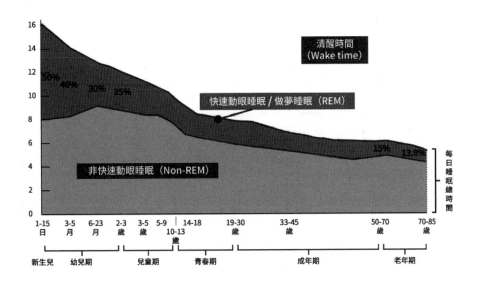

（A）REM睡眠、Non-REM睡眠均增加

（B）REM睡眠、Non-REM睡眠均減少

（C）REM睡眠增加，Non-REM睡眠減少

（D）REM睡眠減少，Non-REM睡眠增加

　　這題問的是「時數」，老年期不但「每日睡眠總時間」少於30歲時，且無論REM睡眠、Non-REM睡眠都少於30歲時，所以正答為B。但如果我們把問題改成：

　　與30歲時相比，他的「REM（快速動眼）睡眠」和
　　「Non-REM（非快速動眼）睡眠」在「每日睡眠總時
　　間」所占的比率有何改變？

我們先看圖表最左邊，新生兒每天睡16小時，REM睡眠、Non-REM睡眠均8小時，比率各占50%。再看圖表最右邊，老年期每天睡不到6小時，其中REM睡眠在「每日睡眠總時間」裡占不到15%，低於30歲時，這就意謂Non-REM睡眠在「每日睡眠總時間」所占的比率會高於30歲時，正答就會變為D囉！

除了從「睡眠時間與年齡」找圖表，也可以從「中醫解說失眠」來做圖表。下面這些醫典，雖然成書未必皆早於宋代，但對人體「衛氣」循行與失眠的關係，有大致相同的觀點：

> 黃帝曰：「病而不得臥者，何氣使然？」歧伯曰：「衛氣不得入於陰，常留於陽。留於陽則陽氣滿，陽氣滿則陽蹻盛，不得入於陰則陰氣虛，故目不瞑矣。」（《黃帝內經·靈樞經·大惑論》）

> 陽氣自動而之靜，則寐。陰氣自靜而之動，則寤。不寐者，病在陽不交陰也。《靈樞》曰：衛氣日行於陽，夜行於陰，厥氣客於臟腑，則衛氣行於陽，不得入於陰。行於陽則陽氣盛，陽氣盛則陽蹻滿，不得入於陰則陰氣虛，故目不瞑。衛氣留於陰，不得行於陽。留於陰則陰氣盛，陰氣盛則陰蹻滿，不得行於陽則陽氣虛，故目閉。（《類證治裁·不寐論治》）

> 衛氣者，晝則行陽，夜則行陰，行陽則寤，行陰則寐。今欲寐者，蓋因陽氣虛，陰氣盛，故目瞑而多眠也。（《醫效祕傳·傷寒諸證論·欲寐》）

網路上固然有現成的衛氣循行圖，但圖中的經脈、臟腑名稱對編製試題而言略嫌多餘，所以我們可以自己畫一個簡單的示意圖，將上引醫典要義可視化，並編製一個試題：

試作題2　　　　　　　　　　　　　　　　　　　　　　→D

司馬光因夜間失眠，向醫師求診，依據下圖，醫師應會指出主要原因在於「衛氣」：

（A）日行於陽　　（B）夜行於陰　　（C）日不行於陽　　（D）夜不行於陰

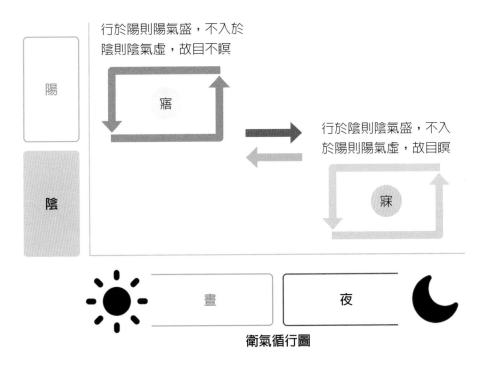

衛氣循行圖

　　按這個圖，「衛氣」須在白天、晚上去它該去的地方，「日行於陽」便不想睡，「夜行於陰」想睡，「日不行於陽」也想睡，「夜不行於陰」會睡不著，故正答為D。

5-4 徐珂《清稗類鈔》「招股行騙」

　　下文是徐珂（1869～1928）《清稗類鈔・棍騙類》其中一則。這種「招股行騙」，在晚明張應俞所編的《杜騙新書》中還未出現，是晚清社會背景下的新騙術。如果我們想在這個「連續文本」的基礎上加一個「非連續文本」編製新題，可以怎麼做呢？

> 　　吾國日日言變法，言自強，而工藝終不振興。雖有一二熱心者極意提倡，而成效不著，則以資本之不易籌也。資本之不易籌者，則以開設公司，募集股金，時有託名以行騙者，人皆視為畏途，談虎色變故也。有嚴季康者，夙以偽股票欺人，始於漢口，繼而至京至津以達於滬，所在為之，設工廠也，開礦山也，歷有年所，積資巨萬。其在滬也，則賃一廣廈，更為兼容併包之計，揭兩銅牌於門，曰「某某製煙公司駐滬招股處」，「某某開礦公司駐滬招股處」。陳設之華麗，服御之豪侈，每出則高車駟馬，招搖過市，不數月而果集銀十三萬圓有奇。其年重九，或訪之，則室邇人遐矣。（徐珂《清稗類鈔》）

　　文中嚴季康「以偽股票欺人」，可讓我們聯想到「龐氏騙局」。雖然「龐氏騙局」的始祖查爾斯・龐茲（Charles Ponzi）是在1919年「發明」了這個假投資、真詐騙的手法，且徐珂對「偽股票欺人」的

方式也未詳細說明，故本案未必是「龐氏騙局」。但文中談到嚴季康高調炫富、短時間便吸收龐大資金並人間蒸發，仍頗有「龐氏騙局」的特徵，所以我們不妨將本案跟「龐氏騙局」連結，為這個晚清詐騙舊聞增添當代省思意義。

　　網路上可以找到許多關於「龐氏騙局」的介紹，稍加篩選整理，便能自製下面的「非連續文本」，讓它當乙圖，以徐珂的「連續文本」當甲文。

龐氏騙局

一種常見的金融詐騙手法，假借投資名義，以高額報酬誘使受害人投資。1919年，查爾斯·龐茲（Charles Ponzi，1882～1949）宣稱把歐洲的郵政票券賣給美國，就可輕鬆賺取價差，90天獲利翻倍。1920年，騙局敗露，許多人血本無歸。

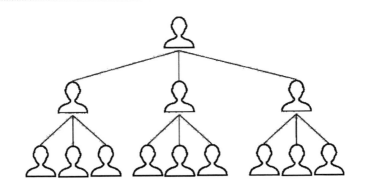

| 上線拉下線的金字塔結構 | 募資者拆東牆補西牆，把第二代投資者提供的資金，抽部分轉給第一代投資者，讓他們誤以為是投資所獲的報酬。 | 一旦拉不到新的投資者，資金鏈斷裂，投資泡沫便迅速破滅。 |

當徐珂記載的「招股行騙」和「龐氏騙局」連結，試題編製的空間便擴大了。我們可以先試作兩題：

試作題1　　　　　　　　　　　　　　　　　　　　　　→B

甲文對嚴季康詐騙手法的記載，提到下列「詐騙投資案常見的5項特徵」中的哪些項目？

（A）①②　　（B）④⑤　　（C）②③⑤　　（D）①③④⑤

①	②	③	④	⑤
投資模式複雜	報酬率超高	輕鬆躺著賺	公司很新	業主炫富

試作題2　　　　　　　　　　　　　　　　　　　　　　→C

若甲文的嚴季康欲以「某某開礦公司駐滬招股處」進行「龐氏騙局」，他必然會使用的手法是：

（A）將低成本的商品以超乎行情的價格售出，賺取高額利差

（B）向其他人借貸資金，以填補先前經營不善所造成的虧損

（C）將後來投資者的本金，佯稱爲經營獲利給予之前投資者

（D）以未來逐年獲得配發股息的願景，吸引更多人願意投資

此外，網路上也可以找到一些關於「龐氏騙局」的深度探討，例如「龐氏騙局」在不同「營運」條件下，維持騙局的時間長短也不一樣。這類專業文章，訊息複雜，很難摘錄給學生閱讀，所以又是「非連續文本」的用武之地啦！例如在〈現實中的龐氏騙局可以搞多久？〉（https://www.gushiciku.cn/dc_tw/102353444）這篇專論中，我們可以看到不少分析圖表，也有一些易於理解的結論：

（一）提現比例降低至10%，壽命延長至48個月。……當提現比例超過45%時，平臺會可應付第一期投資人提現，第二期便無以為繼，每期3個月，那麼6個月內必須跑掉。

（二）新人增長率在小於28%（含）的時候，幾乎不會對生命週期產生影響，在29%~68%之間壽命雖然逐漸增加，但也不過是苟延殘喘罷了，增長率一旦越過69%奇蹟就出現了，生命週期來了一次驚險跳躍，超凡入聖從而永生。

（三）回報率對生命週期的影響很小，這似乎有點反常識？其實也很容易理解，維繫龐氏騙局的頂樑柱是資金池，能威脅資金池的只有大規模提現，若是控制得了提現比例，回報率不過是賬戶裡的數字而已。所以你看，從年化12%到120%，生命週期幾乎是不發生變動的，這也是為什麼龐氏組織者敢於許諾高收益。

透過這篇文章，我們可以大致明白「給投資人的年報酬率」、「新投資人的增長率」、「投資人的現金提領率」均對「龐氏騙局」的維持時間有影響，如果我們簡化文章裡的訊息，可試著自製一個圖表，讓這三個條件的影響程度，用具體的數字表現出來，並編製下題：

下表的月數，代表「龐氏騙局」維持不破產的時間。例如畫底線處意謂：當「給投資人的年報酬率為10%」時，可維持12個月不破產。若甲文的嚴季康欲依下表，評估因素①、②、③對「龐氏騙局維持不破產」的影響力，則三者由大至小的排序應是：

（A）①＞②＞③　　（B）①＞③＞②

（C）③＞①＞②　　（D）③＞②＞①

三項因素的情況改變，龐氏騙局維持不破產的時間也不同			
比率 因素	10%	30%	45%
① 給投資人的年報酬率	12個月	12個月	12個月
② 新投資人的增長率	12個月	15個月	15個月
③ 投資人的現金提領率	48個月	12個月	6個月

　　加上兩個自製的「龐氏騙局」「非連續文本」，讀《清稗類鈔》「招股行騙」的記載，就不只是「溫故」，也開啟「知新」的視野。這跟是否搭上「素養導向」教學或評量的潮流無關，而是學習古文本來就應如此。「溫故」時自動「知新」，這當然是最理想的，但大多數學生無法如此觸類旁通。所以在這個例子裡，兩個「龐氏騙局」的「非連續文本」就是從「溫故」到「知新」間的橋梁，我們搭好橋讓學生走過來，「溫故而知新」這句話才不會被學生認為是「孔氏騙局」。

5-5 中央氣象局「地震震度分級表」

　　這裡準備做的，是近來頗流行的「古今連結」。這種題目的常見編製法，是以古代的連續文本為主，再搭配一個現代的非連續文本。文本既有主從，試題自然也偏重於古代文本的理解。但我們不妨換個想法，改以現代的非連續文本為主，因此，以下我們選用中央氣象局在2019年12月新發布的「地震震度分級表」，再選幾首臺灣古典詩中的詩句——出自林占梅〈地震歌〉（描寫1850年的地震。按：該詩「序」云：「道光戊申仲冬，臺地大震，……今歲暮春，復大震二次」，「戊申」是道光28年，即1848年，「今歲」據專家考察，應是道光30年。）、許梓桑〈地震有感〉（描寫1922年的地震）、傅錫祺〈哀震災〉（描寫1935年的地震），做為這個表的延伸閱讀。當我們確立整個題組以「地震震度分級表」為主，上述古典詩的「全篇理解」便不是重點，所以只需要摘取部分可用於檢核「地震震度分級」的詩句即可。這樣，整個題組才能保持有主軸，不至成為東拉西扯的大雜燴。

　　我們先放上「地震震度分級表」——由於等會兒做為延伸閱讀的古典詩，用不到這個表的前三級，所以可以刪去，只保留4級到7級。

中央氣象局「地震震度分級表」（節錄）

震度分級		人的感覺	屋內情形	屋外情形
4級	中震	有相當程度的恐懼感，部分的人會尋求躲避的地方，睡眠中的人幾乎都會驚醒。	房屋搖動甚烈，少數未固定物品可能傾倒掉落，少數傢俱移動，可能有輕微災害。	電線明顯搖晃，少數建築物牆磚可能剝落，小範圍山區可能發生落石，極少數地區電力或自來水可能中斷。
5弱	強震	大多數人會感到驚嚇恐慌，難以走動。	部分未固定物品傾倒掉落，少數傢俱可能移動或翻倒，少數門窗可能變形，部分牆壁產生裂痕。	部分建築物牆磚剝落，部分山區可能發生落石，少數地區電力、自來水、瓦斯或通訊可能中斷。
5強		幾乎所有的人會感到驚嚇恐慌，難以走動。	大量未固定物品傾倒掉落，傢俱移動或翻倒，部分門窗變形，部分牆壁產生裂痕，極少數耐震較差房屋可能損壞或崩塌。	部分建築物牆磚剝落，部分山區發生落石，鬆軟土層可能出現噴沙噴泥現象，部分地區電力、自來水、瓦斯或通訊中斷，少數耐震較差磚牆可能損壞或崩塌。
6弱	烈震	搖晃劇烈以致站立困難。	大量傢俱大幅移動或翻倒，門窗扭曲變形，部分耐震能力較差房屋可能損壞或倒塌。	部分地面出現裂痕，部分山區可能發生山崩，鬆軟土層出現噴沙噴泥現象，部分地區電力、自來水、瓦斯或通訊中斷。

震度分級	人的感覺	屋內情形	屋外情形
6 烈 強 震	搖晃劇烈以致無法站穩。	大量傢俱大幅移動或翻倒，門窗扭曲變形，部分耐震能力較差房屋可能損壞或倒塌，耐震能力較強房屋亦可能受損。	部分地面出現裂痕，山區可能發生山崩，鬆軟土層出現噴沙噴泥現象，可能大範圍地區電力、自來水、瓦斯或通訊中斷。
7 劇 級 震	搖晃劇烈以致無法依意志行動。	幾乎所有傢俱都大幅移動或翻倒，部分耐震較強建築物可能損壞或倒塌。	山崩地裂，地形地貌亦可能改變，多處鬆軟土層出現噴沙噴泥現象，大範圍地區電力、自來水、瓦斯或通訊中斷，鐵軌彎曲。

　　我們可先透過兩個試題，引導學生認識這個表的寫法。這個表其實也算是一種「表現等級描述」（performance level descriptors），裡面先分成幾個向度（「人的感覺」、「屋內情形」、「屋外情形」），每個向度再擬出一些條件（例如上表的「屋內情形」，就包含「傢俱移動」、「門窗變形」、「牆壁罅裂」等條件），然後再以這幾個條件的變化（例如「少數」、「部分」、「幾乎所有」等程度），定義何謂「中震」、何謂「烈震」，又何謂「5弱」、何謂「5強」。

試作題1 →A

從上表可知，「人」、「屋內」及「屋外」的情況，是描述「震度分級」的重要參考。下列各級震度在「屋內情形」的參照依據，敘述最適當的是：

（A）「門窗是否變形」是中震、強震的主要區別

（B）「牆壁是否產生裂痕」是強震、烈震的主要區別

（C）「傢俱是否移動」是5弱、5強的主要區別

（D）「房屋是否倒塌」是6弱、6強的主要區別

試作題2

「屋外情形」有兩項共同的參照依據，從4級到7級都有描述，藉以比較這六個震度的程度差異。請依下表的提示，寫出第二項：

	4級	7級
第一項	小範圍山區可能發生落石	山崩
第二項		

〔參考答案〕

4級「極少數地區電力或自來水可能中斷」→7級「大範圍地區電力、自來水中斷」

認識過「地震震度分級表」，就可以擺上古典詩了。每首大約使用八句，引導學生做這樣的閱讀：先從其中篩選關鍵詩句→然後檢查詩句符合「地震震度分級表」的哪個描述→最後推測可能的震度。

試作題3

下表提供了三個描寫不同年分地震的詩句。請依指示填寫「震度推測」內的 _____。

地震年分	描寫地震的詩句		震度推測
1850年（清代）	更有樓居最動搖， 欲下不得心急焦。 心急勢危肝膽碎， 失足一驚魂難招。 蟻走熱鍋方寸亂， 兩腳圈豚繩索絆。 窘逼轉愁門戶狹， 攀援不覺窗櫺斷。	至少 _____級	◆ 這樣推測的關鍵詩句是： _____ ◆它符合「地震震度分級表」所說的： _____
1922年（日治）	東方南澳海之涯， 地層斷落沉海底。 大陸茫茫推測理， 不知強弱何時止。 淒風冷雨夜襲來， 更添音響清夢裡。 況復電燈一例消， 不夜演成黑夜市。	至少 _____級	◆ 這樣推測的關鍵詩句是： _____ ◆它符合「地震震度分級表」所說的： _____
1935年（日治）	上天好生果何在？ 上帝茫茫失主宰。 轟然一聲地軸摧， 千村萬落任傾殆。 巨石翻，隧道塌， 鐵軌彎曲舊狀改。 樓臺廬舍成廢墟， 傷心慘目見者每。	可能 _____級	◆ 這樣推測的關鍵詩句是： _____ ◆它符合「地震震度分級表」所說的： _____

〔參考答案〕

① 至少5弱。關鍵詩句是「窘逼轉愁門戶狹，攀援不覺窗櫺斷」，它符合「地震震度分級表」所說的：「少數門窗可能變形」。
② 至少4級。關鍵詩句是「況復電燈一例消，不夜演成黑夜市」，它符合「地震震度分級表」所說的：「極少數地區電力中斷」。
③ 可能7級。關鍵詩句是「巨石翻，隧道塌，鐵軌彎曲舊狀改」，它符合「地震震度分級表」所說的：「山崩、鐵軌彎曲」。

我們都知道，文學作品難免滲入主觀情感，不能充當全然客觀的現實報導來讀，更何況這些作品所說的「窗櫺斷」、「停電」、「成廢墟」，到底是一條街上發生的事？還是整個鄉鎮都是如此？也沒有清楚的記載。再者，清代、日治時期的建築技術，也和當代有落差，那時候能把房屋震垮的地震震度，能跟2019年發布的「地震震度分級表」相提並論嗎？所以，我們應該讓學生理解：這樣的「震度推測」終究只是推測，固然是一種可以嘗試的閱讀方式，但當中絕對有多種疑慮。保持這些疑慮而不刻意「腦補」，不以偏概全，才是這種閱讀方式的特質——它與平常感受詩人情意、從修辭手法體會詩中深意是不一樣的閱讀方式。藉由下面這題，我們可以引導學生對上面的「試作題3」進行反思，也等於是對「把文學作品當現實紀錄來讀」這件事，做一點後設的探討。

試作題4

透過前人作品描述的地震情形，再對照中央氣象局「地震震度分級表」，雖然可推測當時可能發生相當於今日的幾級地震，但這樣的推測，會因許多因素而絕難準確。例如僅憑「樓臺廬舍成廢墟」這句話，其實難以推測那場地震相當於今日的「烈震」或「劇震」。你認爲，無法僅憑「樓臺廬舍成廢墟」這句話推測「烈震」或「劇震」的因素爲何？

〔參考答案〕

「烈震6弱」是「部分耐震能力較差房屋可能損壞或倒塌」，「烈震6強」是「部分耐震能力較差房屋可能損壞或倒塌，耐震能力較強房屋亦可能受損」，「劇震」是「部分耐震較強建築物可能損壞或倒塌」但（一）「樓臺廬舍成廢墟」並未提到多少數量、多大範圍；（二）今日的建築技術與日治時期差異極大，今日所謂「耐震能力較差、耐震能力較強」的標準，也和日治時期不一樣。

國家圖書館出版品預行編目（CIP）資料

非連續文本——原來這麼回試／游適宏著. --
初版. -- 臺北市：五南圖書出版股份有限公
司，2022.03
　面；　公分
ISBN 978-626-317-579-2　（平裝）

1.CST：文本　2.CST：文本分析

812　　　　　　　　　　111000843

4X31

非連續文本 ── 原來這麼回試

作　　　者	游適宏（336.7）
發 行 人	楊榮川
總 經 理	楊士清
總 編 輯	楊秀麗
副總編輯	黃文瓊
編　　　輯	吳雨潔
封面設計	姚孝慈
美術設計	賴玉欣
出 版 者	五南圖書出版股份有限公司
地　　　址	106台北市大安區和平東路二段339號4樓
電　　　話	(02)2705-5066　傳　　真：(02)2706-6100
網　　　址	https://www.wunan.com.tw
電子郵件	wunan@wunan.com.tw
劃撥帳號	01068953
戶　　　名	五南圖書出版股份有限公司
法律顧問	林勝安律師事務所　林勝安律師
出版日期	2022年3月初版一刷
定　　　價	新臺幣380元